Sedições

Oscar Cesarotto

Sedições

ILUMINURAS

Capa
Carlos Clémen
sobre *Os Cárpatos* (Ikebana lacaniano n. 21 - 2007), Oscar Cesarotto.

Design de miolo
Renata De Bonis

Revisão
Ariadne Escobar Branco

DADOS INTERNACIONAIS DE CATALOGAÇÃO NA PUBLICAÇÃO (CIP)
(Câmara Brasileira do Livro, SP, Brasil)

Cesarotto, Oscar
Sedições / Oscar Cesarotto. -- São Paulo :
Iluminuras, 2008.

ISBN 978-85-7321-284-6

1. Contos brasileiros - Escritores argentinos
2. Crônicas brasileiras - Escritores argentinos
3. Poesia brasileira - Escritores argentinos
I. Título.

CDD-869.93
08-01643 -869.91

Índices para catálogo sistemático:

1. Contos : Literatura argentina em português
869.93
2. Crônicas : Literatura argentina em português
869.93
3. Poesia : Literatura argentina em português
869.91

2008
EDITORA ILUMINURAS LTDA.
Rua Inácio Pereira da Rocha, 389 - 05432-011 - São Paulo - SP - Brasil
Tel.: (11) 3031-6161 / Fax: (11) 3031-4989
iluminur@iluminuras.com.br
www.iluminuras.com.br

A DESORDEM DOS FATORES
MELHORA O PRODUTO

OS CARDÁPIOS

TÂNATOS

ANTROPOLOGIA SURREAL

SESSÃO DE LIVROS

ENTREVISTAS

A VIDA É UMA DROGA

Bom dia! Febo assoma, cocoricam os galetos, madrugaram os relógios, é a hora irrecusável de um sadio despertar. Assim seja, e quem viver, verá. Enfrentando o espelho de relance, dente por dente, a escova esbanja dentifrício. Um rápido chuveiro para sair das trevas, shampoo, desodorante, talco impalpável, cotonete em ambas as orelhas, nívea creme ocasional.

O desjejum inaugura oficialmente a manhã: uma xícara de café, um pingado, e o suco de laranja com granola e acerola. Açúcar suficiente e/ou adoçante, geléia de morango sobre pão de fôrma, manteiga à vontade, broa de milho, queijo frescal e bolachas água-e-sal. Guaraná em pó, dia sim, dia não. Tudo encima, a primeira tragada da jornada traz um prazer que todas as outras jamais atingirão.

Pouco tempo para perder, a condução não pode atrasar porque o ponto intima, o trampo aguarda, e o batente exige horas de vida, várias libras de carne. Para melhor contato com o público e aumento de carisma operacional, nada menos que um jato fugaz daquele spray oral, logo de assoprar o nariz. Entrementes, um cafezinho, e depois também. Mil cigarros e pigarros, e chiclete de hortelã.

A vinda do meio-dia é antecipada pelo ronco do estômago, que demanda e não esquece. O vale-refeição é uma carta marcada, mas dá chance de não morrer de inanição. Hoje, quarta-feira, uma feijoada mantém acesas as tradições culturais. Batidinha de limão, obrigado, tem muito para fazer, tem de dar duro; uma cervejinha, porém, à beça não se despreza. Já a sobremesa -- fios de ovos --, quase não encontra lugar, ganho à custa de um arroto providencial. Por isso mesmo, higiene bucal e fio dental, cepacol e simancol.

Outra vez o castigo bíblico, servo da gleba, proletário mercenário, precisa descolar uma grana caçando um leão diário, e matando cachorro a grito. Quando a azia aparece, nem causa espécie porque um sonrisal a espera, para trazer de volta um gesto de alívio, dar uma folga e habilitar um lanche na metade da tarde. Interminável, a labuta por fim acaba. Antes de ir embora, faz um gargarejo duplo, e pinga gotas nasais para desentupir o espírito.

Com a satisfação do dever cumprido e a obediência devida, a rua oferece seus encantos para um dia já no ocaso e uma noite ainda por vir. Quanta poluição, maldita inversão térmica, um colírio para aplacar a irritação focal. Os gases da combustão incompleta, o cheiro letal do churrasquinho de gato, as seduções olfativas da fritura de pastéis, nada esconde o perfume de uma mulher bonita chegando pontual ao encontro marcado no centro da cidade.

Primeiro um drinque, talvez um tira-gosto, a seguir uma cantada. Fala mansa, papo furado, e por causa do desejo desembocam num motel. A cama reclama dos corpos ardidos, não há roupa que oculte um ríspido tesão: sexo eclético, jogo de cintura, ele rasga a fantasia, atravessa o fantasma e estoura a camisinha. Ela, por via das dúvidas, capricha um gel no seu diafragma...

Um whisky antes, um cigarro depois, apenas um nada de Chanel nº 5 para cobrir a nudez. A tristeza após o coito introduz uma fome louca que cobra tantas calorias quantos espermatozóides entregues no endereço certo, só para terminar em pizza. Mas nem tudo é amor e paz, e uma parte da folia não descarregada transforma-se em ansiedade avulsa, se mantendo firme até o momento de deitar.

Então, é um petisco, um copo morno de leite tépido, uma frutinha amena para poder dormir. Nunca antes de ter escovado a dentadura pela décima vez, passado uma loção milagrosa no couro cabeludo, pó anti-séptico nos pés, e ingerido um laxante. Como o sono demora, os ponteiros luminosos tornam impreterível um comprimido indutor.

Agora sim, embalado e embrulhado, sem ter o que pensar, um copo com água boceja no criado-mudo. Boa noite, um tijolo na nuca, os sonhos tomarão conta do resto.

O TANGO E O ASSASSINO

Quem não lembra de Robert Duvall cavalgando um helicóptero em ***Apocalypse now***, ébrio de pulsão de morte e napalm? Bom, ele está de volta, como ator e diretor, no filme O tango e o assassino (2003). Mais velho e ainda matando, mas não como militar, pois este papel agora corresponde à vítima. Continua ianque, bem nova-iorquino, embora a ação se passe em Buenos Aires. Naquela cidade, o assassino deverá realizar um trabalho sujo: eliminar um cidadão local, por um punhado de dólares.

Seus contratantes seriam parentes de desaparecidos nos tempos da última ditadura, aflitos pelos seres queridos cruelmente perdidos. E, indignados pela perene falta de punição aos culpáveis, anistiados por leis de exceção. Uma alta patente do Exército, carrasco na época e depois retirado, é merecedor de uma bala para pagar pelo menos algumas das inúmeras mortes que comandara. De hábitos regulares, poderia ser um alvo fácil, mas um fato imprevisto o tira de circulação durante um par de semanas, e a operação-massacre precisa ser adiada.

Nesse intervalo, o assassino fica atolado naquele país estranho, obrigado a curtir um turismo impensado. Então, por acaso, como um chamado do destino, como um chamariz libidinal, se depara com o tango. A música, nos seus ouvidos, e enchendo os olhos, o espetáculo sensual dos casais bailando. A curiosidade o faz tomar a iniciativa de querer aprender a dançar, e assim conhece uma jovem mulher, fina estampa da raça criolla. Nos dias de espera, freqüenta vários salões e milongas, admirando e treinando, fascinado com aquele universo descortinado a sua frente. O enigma da feminilidade encarna em Manuela, e mais de uma vez lamentará ser tão velho.

Mas o milico acaba voltando ao lar, e os fatos se precipitam...

* * *

Em português: O tango e o assassino. Em inglês, o título é ainda melhor, pois ***Assassination tango*** contém, embutido, o termo ***nation***, e a nação é, de fato, o pano de fundo do drama. A história recente da República Argentina está longe de ter cicatrizado, com a dor eternizada pelos mortos sem sepultura, e seus algozes alforriados. A idéia de trazer alguém de fora para fazer justiça indica o grau de impotência, tanto institucional quanto pessoal, perante a prepotência da imunidade oficializada. Só restaria o talião, a vingança como única forma de acerto de contas.

O assassino pode ser considerado, assim, um justiceiro, embora nem se interesse por isso, sendo apenas um profissional experiente, mão-de-obra especializada. Pouco se importa com os motivos ou com o discurso do Outro, e sua única preocupação é salvar a própria pele, quando ameaçado. Vivo e na ativa, é fisgado pelo ritmo malandro, e tomado de brios. O velhaco é muito esperto.

O tango dá a pauta, perpassando a trama. Coreografa as paixões imediatas, marcando o gozo efêmero dos corpos se esfregando, com elegância e sofreguidão. Dança assanhada, que parece sublimar sem pudor o ato sexual, à vista de todos. Música da alma, melancólica e evocativa, um sentimento feito canção.

Robert Duvall escreveu o roteiro, e assumiu a direção. O fato de estar casado com uma moça portenha pode ter definido muitas coisas... No entanto, o seu trabalho é excelente, e ainda mais, como ator principal. Dá para perceber o respeito por uma cultura que não é a sua, e uma grande transferência com o tango, a causa do desejo.

A linha mestra deste filme admirável é a impunidade. do ponto de vista ético e numa perspectiva política, mas também como chave psicológica dos personagens. Na narrativa, com ferro alguém mata, e ferrado morre. O passado inconcluso da República Assassina torna plausível o azar para o alvejado, e um final feliz para o seu executor. A vida imitaria a arte.

Por outro lado e ao mesmo tempo, nos cortes e nas quebradas, de corpo e alma, permanece o tango. Filmado com técnica e elegância, mais uma vez sua sedução é apresentada ao mundo como uma misteriosa e velha novidade, a prova cabal da permanência do desejo.

Será, desde sempre, o melhor cartão postal da *argentinidade*, sua radiografia íntima. Sem esquecer nem perdoar.

Nagasaki, mon amour

Oscar Cesarotto & Mario Pujó

Há tempos imemoriais que a superioridade instrumental determina o curso das batalhas e o resultado das guerras. Os cinéfilos podem se lembrar da seqüência inicial de *2001*, a ficção visual dos primórdios da humanidade, mostrando a evolução da potência ofensiva das armas. Aquelas imagens ilustravam uma verdade consuetudinária: possuir o poderio bélico, é também possuir o domínio e o exercício do poder real. As vantagens se impõem perante as astúcias da tática, subjugando os ardis e o desespero daquele que se reconhece inerme.

O desenvolvimento da tecnologia bélica provoca, por si mesma, inescapáveis conseqüências morais. Foi assim que, no início do século XX, as guerras provocaram dez por cento de vítimas civis, e noventa por cento das vítimas militares. No entanto, após a Primeira Guerra Mundial as proporções, simplesmente, foram invertidas. Os civis, ou seja, os homens e as mulheres comuns, os idosos e as crianças passaram a ser, pouco a pouco, o principal objetivo das ações militares. Todos esses, cada vez mais e de modo evidente, o alvo privilegiado de mísseis, canhões, atentados terroristas e ataques preventivos que pretendem evitá-los. São, também, os pontos mirados nos premeditados massacres que se realizam cotidianamente em nome dos imbatíveis ideais de liberdade, justiça, segurança, ou o inalienável direito que têm os Estados de se defenderem.

Entramos de cara na era da guerra total. O adversário não configura um exército, uma milícia ou um batalhão. Não usa farda nem está convocado num quartel. Ele pode aparecer em qualquer lugar, em todo momento. Pode surgir da terra, cair do ar, explodir no metrô, incendiar o templo, derrubar a escola. Para detê-lo incita-se impudicamente a isolá-lo, submetê-lo, brecá-lo. Destruir sua casa, incinerar seus ídolos. Humilhá-lo, torturá-lo, denegri-lo, fotografá-lo. O inimigo é outro: alheio, estrangeiro, impróprio. Na aparente semelhança de seus traços reside o estranho: um esquisito idioma, uma cultura distante, um deus inverossímil. O imperativo é exterminá-lo o quanto antes.

* * *

A invenção do aeroplano e seu uso militar determinaram a possibilidade da destruição aérea das cidades, induzindo uma radical modificação do desenvolvimento e da ética dos conflitos. Os recursos indispensáveis para a sobrevivência da população, a água, o alimento, a energia, os medicamentos, os prédios, todos eles converteram-se em objetivos ainda mais ponderados e cobiçados que o posicionamento e o acionar dos próprios combatentes. Duas cidades podem ser consideradas paradigmáticas desse tipo de transformação: a basca Guernica, bombardeada pela *Luftwaffe* em 1937, e imortalizada por Pablo Picasso em um quadro com esse título, e a cidade japonesa de Hiroshima, destruída pela explosão nuclear em 6 de agosto de 1945.

Os americanos do Norte esmagaram o poder do Imperador Hiroito com um **ippon**, um golpe drástico e contundente. O cogumelo radioativo produziu uma quantidade de mortes instantâneas numa magnitude nunca antes vista. Às 8:36, hora local, *Little Boy* fez detonar, a 580 metros de altura, sua carga nuclear equivalente a 12.500 toneladas de TNT. Oito mil alunas das melhores escolas, congregadas num exercício de defesa civil, foram aniquiladas, instantaneamente, na praça principal. O número de mortos calcula-se em 200 mil, um verdadeiro recorde na história universal da infâmia.

O fim justificaria os meios? A solução demonstrou ser mais horripilante que a dificuldade. Não teria sido suficiente uma só bomba para demonstrar a indiscutível superioridade bélica por meio da técnica, consolidada desde aquele momento?

Não obstante, três dias depois, em 9 de agosto de 1945, *Fat Man*, uma bomba de plutônio equivalente a 22 mil toneladas de TNT explodia no macro-centro de Nagasaki. O destino assim o quis: Kokura, a cidade primeiramente escolhida, tinha amanhecido encoberta pelas nuvens e, além disso, o piloto errou o ponto de mira em pouco mais de três quilômetros. Assim, houve de se lamentar 72.000 mortes, e teriam sido muitas mais.

* * *

O realismo trágico supera a imaginação. O discurso científico não soube se contentar, na concretização de seu inferno estival, com uma andorinha só, para fazer um verão. Mesmo que em termos bíblicos não teria havido Sodoma sem Gomorra -- sem que se possa decifrar que preferência sexual tornou célebre essa cidade --, cabe perguntar se era militarmente necessária a devastação de Nagasaki.

Necessidade sacrifical de uma nova imolação ao vivo? Levando em conta que o projeto nuclear precisou, durante anos, não só de um orçamento várias vezes milionário, e do trabalho unificado dos físicos e matemáticos mais famosos do mundo, não se pode negar uma política de resultados, testados e revisados.

A comprovação da experiência, na reiteração do fenômeno, consagra o frio positivismo da razão prática, não importando as conseqüências. A sinistra aliança entre a tecnologia e a tanatologia, reconhece seu antecedente histórico na famosa contribuição do Dr. Guillotin para a Modernidade: a higiênica máquina de decapitar que, numa seqüência inelutável, parece predizer a série: Liberdade, Fraternidade, Igualdade, e Acefalia! A ciência perde a cabeça quando põe em evidência a culminação de seu sistemático reverso pulsional, como no caso dos campos de extermínio nazistas, a precisão a serviço do horror.

Na mais famosa expiação pública de culpa de Ocidente, no início desse mesmo século XX, Alfred Nobel, multimilionário inventor da dinamite, criou uma recompensa internacional com seu nome para consagrar aqueles que se destacaram nas mais diversas áreas da atividade humana. Numa singular mostra de ironia, parte dos lucros obtidos devido à tecnologia de morte mais eficiente é usada para comemorar, anualmente, a subordinação do conhecimento científico à defesa da paz e à preservação da vida. O caminho da guerra é sempre feito de pacíficas intenções, até alguém atirar a primeira pedra.

Gala

O mensageiro do amor se desprende do corpo onde foi produzido, ganha um novo meio, e passa a fazer parte de um outro corpo. O primeiro movimento, a emissão, é coisa de macho. O segundo, a recepção, tem jeito de mulher.

O matrimônio perfeito: um espermatozóide decidido, e um óvulo assanhado. Tal para qual, a natureza é casamenteira. Antes, os bebês eram feitos assim. Hoje, também, mas não somente. Inclusive, nossa semente não é mais o que costumava ser. Seu lugar na contemporaneidade tem sofrido grandes mudanças, de várias ordens.

O conhecimento científico já foi capaz de desvendar o genoma humano, e pode, pela via da tecnologia, propiciar gestações naturalmente impossíveis. A metodologia do saber permite sua instrumentação pragmática. O sêmen se tornou um objeto estudado e manipulado, segundo parâmetros simbólicos, para criar vida.

Por outro lado, e ao mesmo tempo, estão as siglas que nomeiam o real da morte: DST, AIDS, HPV. Tantas ameaças transformaram o esperma em algo sinistro, um veneno, o enviado do mal, a ser barrado e evitado.

No imaginário, é muito diferente. Na indústria da pornografia, a ejaculação é sempre externa, a olhos vista. Nos filmes de sexo explícito, os coitos são sempre interrompidos na melhor parte, para jorrar perante a câmera, e satisfazer a pulsão de olhar. Ver para acreditar (na relação sexual), mesmo ficando na mão.

Formal, letal e visual, é tudo a mesma porra. Utilitária, mortífera ou exibida, a topologia do amor é ideologicamente controversa. No século XXI, na lógica cultural do turbo-capitalismo tardio da hipermodernidade liquida da sociedade do espetáculo da civilização globalizada, gozar é uma atividade de risco.

Cantarolância

Os humanos somos seres canoros. Como as aves, produzimos sons harmoniosos; não temos bico, mas nossa garganta, língua e boca nos permitem fazer música, sem instrumentos. Estes existem, desde priscas eras, feitos para acompanhar nosso bem precioso, a voz.

O ser humano canta, desde sempre, e fazendo isso, goza. Sozinho, quem canta supera sua solidão, e ainda pode se escutar, fruindo duplamente, com o aparelho fonador e o auditivo, aqui e agora. Mas é bem provável que alguém cante para outro ouvir, seja apenas um ou numeroso público. Atingido pela vocalização, quem escuta também sente prazer: emissores e receptores, de formas diferentes, no canto acabam se encontrando, e tal ato de comunicação às vezes vira comunhão.

Contudo, somos entes falantes, e as cantorias veiculam palavras, frases, mensagens, histórias, apelos e invocações. Canções, signos musicados, significantes cantarolados... Em dobro, a língua, órgão e sistema simbólico, lambe o dizer, e a nossa espécie *faz amor na simpatia, na telepatia. No chão, no mar, na melodia...*

Na mania ou na tristeza -- *por favor, vá embora* --, nossa alma ri ou chora, para solfejar o desejo, almejado ou insatisfeito, a paixão recíproca, as saudades e as despedidas, a dor de cotovelo e algum final feliz. O amor canta e encanta, cativa e sublima, faz da realidade uma ficção. Permite sermos humanos como deuses, se correspondidos, ou nos joga na fossa, na maior bossa.

As letras das músicas podem ser poemas, ou não, tanto faz. O amor não tem autor, mas mil apelidos; por isso, todos costumam entoar o que outros compuseram, endossando o sentir alheio e se identificando na mesma significação. O fim justifica os meios, e o coração tem suas razões. Amar para ser amado, eis o destino da pulsão. Um beijo ou um aplauso, a recompensa; quando não, a indiferença, a resposta fatal.

Não somos aves, mas podemos ser bons de bico. Melífluos ou vibrantes, na *coloratura* ou no calor da hora, a sedução tem nome próprio: cantada. Numa demanda de reconhecimento, o sujeito amoroso seduz sem traumatizar, goza e faz gozar, permite o prazer de ter prazer a dois. Você e o *eu*, quem ouviu e quem te vê.

* * *

Palavras amáveis, gestos sonoros de carinho, o impossível ao alcance da imaginação... O discurso analítico comparece para escutar primeiro, e só depois falar do amor. Na teoria, pode ser pensado como uma noção ubíqua, até dicionarizada. Os conceitos de imaginário, simbólico e real servem para fazer o mapeamento daquilo que é bem mais que um simples afeto. Na prática, o amor é transferência pura, necessidade de um Outro com corpo para projetar o narcisismo.

Entretanto, muitos nunca amariam sem ter antes ouvido falar dele, contagioso por definição. Embora não vacine contra o recalque, amar é salutar. Por um lado, a linguagem o alimenta com suas metáforas. Por outro, a vida vale a pena quando o sentido nos aliena, pois a dor de existir fica um pouco mais amena.

Eu entrei quente
crente que estava abafando
quando
tropecei no ego
fiquei cego
e cai na real.

Assim, sabiamente, cantava Rita Lee. O resto é silêncio, indizível, porém audível.

M:

MULHERES OU MASCULINO?

Urbanidade. Este termo, sinônimo de educação e bons modos, diz respeito as qualidades dos habitantes das cidades. Epígonos da civilização desde a polis grega, os cidadãos somos seres vivos biologicamente determinados que, junto com as funções sociais, temos urgências que são próprias da natureza Estas, nem sempre admitem delongas. Acometidos pela fisiologia fora das nossas casas, os banheiros dos estabelecimentos públicos possibilitam os alívios pertinentes. Por isso mesmo, a Prefeitura exige que os lugares freqüentados tenham no mínimo dois, um para cada sexo.

No parágrafo acima, em poucas palavras, teríamos entrado de cheio naquilo que Jacques Lacan denominava "a lei da segregação urinária". Partindo da distinção entre o espaço privado e o público, constata-se que, neste último, as necessidades não são apenas impedidas de satisfação a céu aberto, como também organizadas em prol das diferenças anatômicas. Aquém das disposições municipais, uma outra regra, anterior e estrutural, recenseia a população segundo gêneros discriminados, e só se pode fazer xixi no lugar indicado, sob pena de contravenção e/ou escândalo.

Consideremos agora uma notícia de jornal que alerta sobre o progresso e a decadência, ou seja, sobre a complexidade, contemporânea e local, no século XXI. Do *Estado de S. Paulo*, segunda-feira 19 de março de 2001, com a manchete *Símbolo de banheiro causa confusão em bares*: "Sol ou lua? A dúvida inquietava a estudante Gisele Magalhães, de 18 anos, diante dos banheiros do **Sotão**, bar de universitários da Vila Madalena, zona oeste. A garota refletia sobre o significado das duas figuras celestiais fixadas acima das portas dos toaletes. Precisava tomar uma atitude. Escolheu entrar na porta sob o símbolo do sol. Errou. Ao olhar para dentro, viu o mictório. Deu meia-volta, fingiu que nada tinha acontecido, e entrou na porta do lado, o banheiro feminino. Um tanto envergonhada, Gisele conta que estranhou a falta dos símbolos usuais. 'Não é fácil perceber que *aaaa* lua simboliza *aaaa* mulher', comenta, pondo ênfase no artigo".

Parece evidente que a jovem não estava interessada em comprovar ou refutar a bombástica afirmação de que *aaaa mulher não existe*, apenas cumprir uma micção impossível, dadas as difusas circunstâncias. Ela teria sido "...vítima da criatividade dos donos dos bares, restaurantes e danceterias de São Paulo que, na tentativa de inovar, sujeitam seus clientes a situações cômicas e inusitadas. Em vez dos tradicionais *ele* e *ela*, *senhor* e *senhora*, ou dos desenhos estilizados de mulher e homem, as entradas de banheiros exibem figuras de todos os tipos, que tentam, por associação, remeter os freqüentadores ao universo feminino ou masculino".

Sinal dos tempos, **zeitgeist**, sintoma da cultura? Agora que nada mais é como dantes, longe estamos das convenções consuetudinárias, das certezas inefáveis, e dos significados certificados, enfim, do conforto que as representações do familiares do mundo forneciam às consciências tranqüilas e bem-intencionadas. Já foi a época em que um par de luvas, uma bengala e uma cartola aludiam aos homens com precisão quase absoluta. Os chapéus femininos tampouco garantem destinatários exatos.

As vestes e as modas, infiéis nas suas vicissitudes e veleidades, cederam lugar à utilização de elementos arquetípicos, confiáveis pela tradição. Assim, o sexo considerado frágil ganhou o símbolo tradicional que, desde a alquimia e a astrologia medievais, corresponde ao planeta Vênus, enquanto o supostamente forte, aquele de Marte. Aqui na Terra, as portas específicas, iguais, porém distintas, são sinalizadas com os artículos ela e ele, ou ainda, *masculino e feminino*, de forma abreviada, *F e M*, correspondendo a *Mulheres e Homens*.

Mas nada garante nada, pois a incerteza é a mãe do negócio. Na matéria jornalística citada, comentando a propensão de cada um dos sexos para perpetrar interpretações infelizes, um funcionário do restaurante japonês **Noyoy** assevera que "...as mulheres cometem tantas gafes quanto os homens. Um *f* (de *feminino*) e um *m* (de *masculino*) feitos de bambu orientavam os clientes nos sanitários. Com freqüência inesperada, o *m* era compreendido como abreviatura de *mulher*. Depois de ter provocado muita confusão, o símbolo que caracterizava o banheiro feminino desapareceu".

Uma única letra nunca poderia ser avalista de uma palavra? Quando escrita por extenso, evitar-se-iam as atrapalhações? Cabe aqui uma anedota, pouco científica, mas muito didática. No extinto programa televisivo *Os trapalhões*, Renato Aragão lê o jornal sentado do lado de uma porta onde está escrito: *Damas*. Chega uma mulher, abre e entra. Depois outra, e também uma terceira. Em seguida, é a vez de um homem, e mais um outro, para estupor e desassossego do personagem Didí, que não se contém perante semelhante incoerência, e acaba abrindo para ver, com os próprios olhos, o que se passa intramuros. E grande surpresa leva quando o espetáculo flagrado não é nenhuma orgia, senão um torneio de damas, disputado por fêmeas e machos por igual!

Mais outra anedota, paulistana e de cunho testemunhal. Até pouco tempo atrás, na lanchonete do MASP, as portas dos banheiros eram ornamentadas com símiles de esculturas clássicas, em sintonia com o espaço museológico. Tratava-se de dois torsos esculpidos, vestígios da Antigüidade, cada um deles apenas um tronco, sem pernas, braços ou cabeça. Talvez os seios de um fossem mais proeminentes que os do outro e, evidentemente, este teria um apêndice a mais que o anterior. Entretanto, mesmo com sexo explicitado aos olhos de todos, não era possível esquivar os atos falhos cognitivos que faziam a freguesia participar de uma involuntária comédia de erros. Mesmo a genitália seria um referente insuficiente?

Saindo do dia-a-dia e embicando na epistemologia, vale a pena lembrar um trecho da *Instância da letra no inconsciente ou a razão* desde Freud, escrito lacaniano de densa prosápia. Primeiro, a ilustração, no meio do texto, de duas portas idênticas, triviais e indistintas, apesar de identificadas como *Damas e Cavalheiros.* Depois, o comentário jocoso de um par de crianças, um menino e sua irmã, andando de trem, sentados na cabina um em frente da outra, chegando numa estação. Diz o irmão: "Olha, estamos em *Damas*!" E ela: "Seu babaca, você não viu que estamos em *Cavalheiros*?"

Por estas e outras, convém delimitar o tamanho da encrenca. Comentando os exemplos da realidade, nos deparamos com uma questão que concerne tanto à semiótica quanto à psicanálise. Para além dos conflitos suscitados pelos banheiros públicos, em se tratando da representação do que é da alçada do sexual, é sempre provável acabar num impasse.

No entanto, como resulta inevitável dar um jeito, foi criado, por ocasião das Olimpíada de Munique em 1972, e mais tarde aperfeiçoado na de Los Angeles em 1984, um conjunto de sinais que utiliza figuras estlizadas, inspiradas nos conceitos da Bauhaus, para evitar constrangimentos. As silhuetas do homem e da mulher conduziram aos chamados "ideogramas perfeitos", imagens com traços simples destinadas a assegurar a compreensão exata da mensagem. Vastamente espalhados e disseminados, têm demonstrado eficácia operativa, embora tal solução não elimine o problema inicial: em que medida seria possível significar a carne, até que ponto o poder do signo é capaz de metaforizar as pulsões?

* * *

Distante no tempo, ainda visível nas ruínas da soterrada Pompéia, era de praxe que um falo, ornamentando a soleira de alguma porta, indicasse que ali Vênus era venerada. Esta alusão teria a ver com o assunto prévio?

Num primeiro momento, vimos como os signos, tanto os imaginários quanto os simbólicos, arrolados na designação das diferenças sexuais, seriam sempre inexoravelmente equívocos, incapazes de preservar da dimensão do mal-entendido. Mais do que impedir, isto obriga a resolver de maneira pragmática a semiologia e a psicopatologia da vida cotidiana. Ora, direis, os pictogramas olímpicos não são eficazes? Sim, isto é muito bom, primeiro mundo, qualidade total. Todavia, onde ficaria o lugar certo para que travestis, escoceses de saiotes e criancinhas pequenas possam desaguar sem contrariar a decência?

Nos curtos-circuitos onde o sujeito libidinal se encontra implicado na linguagem que lhe diz respeito, a significação fálica não abrange somente aquilo que confunde, como também o duplo sentido de toda e qualquer significação, individual ou cultural.

Para concluir, salientemos que o falo, significante privilegiado da subjetividade, condiciona símbolos e sintomas, indistintamente. Pois viver no mundo humano é incerto e exige sacrifícios. Fora dele, moita nenhuma faz diferença.

Os tanatóides

As ciências cognitivas deveriam explicar como foi que os zumbis de George Romero começaram a pensar. Pois esta é a novidade do filme *Terra dos mortos* (2005), embora não seja surpresa nenhuma, em termos evolutivos.

Na *A noite dos mortos-vivos* (1968), as criaturas eram o horror absoluto, por se tratarem de seres mortos, embora se mexessem. Podiam se movimentar, ainda que trôpegos, com péssimas intenções. Atacavam os vivos, para comê-los crus. Tudo isso, sem nenhum tipo de explicação. Sinistro total. Duplos bizarros dos humanos, contrariando qualquer lógica, os zumbis eram um pesadelo impossível, mas, depois de ver para crer, plausível demais.

Tratava-se de um filme de ficção, mas parecia um documentário, pelo realismo das imagens acentuado em preto e branco. O terror que provocava tinha três vertentes simultâneas. No plano simbólico, o tabu em relação aos mortos deixara de vigorar, e não havia mais nenhuma mediação cultural nem defesa entre os viventes e os insepultos. No imaginário, os zumbis, conservando a forma humana, parecem nossos semelhantes, mas esta familiaridade é também estranheza, e a agressividade torna obscena qualquer semelhança. Por último, e antes de tudo, o real da morte é aludido e mostrado, com a ajuda dos efeitos especiais, nas seqüências de carnificina e degustação explícita.

Os espectadores são atingidos pela representação de uma realidade verossímil, crível enquanto as luzes da sala não acendem. Depois, como efeito residual, o medo persiste, na evocação da idéia central do filme: os mortos não ficam quietos, são imortais, e matam da pior maneira possível. Em outras palavras, uma fantasia pavorosa que não deixa ninguém indiferente.

Dez anos depois, no *Despertar dos mortos* (1978), os ditos cujos eram muitíssimos mais, ameaçando a civilização. Era sabido que uma pessoa capturada por eles, se não fosse devorada e apenas levasse uma mordida, logo engrossaria suas famintas fileiras. Todavia, o discurso da ciência era impotente para explicar o porquê de tamanha aberração, ou para propor uma solução, ou mesmo um paliativo.

Então, os zumbis flanavam pelos lugares que costumavam freqüentar quando vivos, em especial, s**hopping centers**, onde acontece a ação. Por completo desmiolados, sem memória, mas com algum tipo de reminiscência, eram uma paródia grotesca dos consumidores classe media. Não eram muito espertos, e se pareciam mutuamente de um jeito assustador.

Fechava a trilogia *Dia dos mortos* (1986), apresentando os monstros um pouco menos estúpidos. O mais destacado tentava se barbear, manusear uma arma e, por último, mostrava que era capaz de bater continência. Num cenário claustrofóbico, mais tarde invadido, os sobreviventes corriam o risco de serem mortos pelos mortos, ou pelos outros vivos, militarizados.

Agora, na *Terra dos mortos*, eles estão aprendendo, exercitando suas habilidades, entendendo relações de causa e efeito, se comunicando, expressando sentimentos, enfim, virando gente, sem deixar de estar mortos. Inclusive, no desfecho do filme, lhes é reconhecido o direito de procurar o próprio destino, como se não fossem corpos em decomposição, e sim, almas penadas.

George Romero criou um personagem poderoso, o morto-vivo, um ser nada metafísico, abominável, que encarna, ao vivo, a pulsão de morte. É descendente direto do único mito original da modernidade, o *Frankenstein* de Mary Shelley. Desdobrando em número e gênero, os *tanatóides* se prestam a múltiplas leituras, e podem ser suportes de inúmeras significações ideológicas.

Em termos visuais, seu aspecto repulsivo, em princípio assustador, com a reiteração das imagens, vai ficando "naturalizado", até convencional, mas sempre horrível. A alteridade radical funciona como uma metáfora da sociedade, abrindo espaço para uma crítica política dos valores capitalistas.

E quando vemos os corpos fragmentados e as criaturas tirando pedaços, e os azarados sendo manducados ou mortificados, e cada vez mais mortos e menos vivos, se conclui que somos uma espécie em via de extinção.

Rir é o melhor remédio

CAPROSEMIÓTICA

Dois bodes caminham por Hollywood. Na rua lateral de um estúdio, várias latas de lixo desbordam rolos de filme.

Um dos caprinos se aproxima, e começa a comer.

O outro pergunta:

Vale a pena?

E o primeiro responde:

Sei lá. Gostei mais do livro.

(Autêntico apólogo apócrifo atribuído aleatória e anonimamente a Umberto Eco por Slavoj Zizek, numa conferência secreta nos anos 70, ainda inédita).

* * *

MARXISMO FAMILIAR

Os irmãos Marx, famosos no seu tempo, então e hoje provocam gargalhas em série com seu humor fora de série.

Nem Lacan ficava sério. Mais, ainda: via, neles, a encarnação dos seus registros.

Harpo era o real, pura pulsão acéfala. Imprevisível, caótico e desmedido, sua mudez o eximia da linguagem, da lei e da ordem.

Chico representava o imaginário, as pompas do eu, a vaidade e o desconhecimento, sendo, ao mesmo tempo, cordato e insensato, inteligente e tolo.

No simbólico, Groucho, o mestre da palavra, não dava ponto sem nó em pingo de água, com seus chistes e sua relação com o inconsciente.

Era uma fraternidade topológica e anárquica, a serviço do riso e do levantamento do recalque.

Karl, patriarca do clã e inventor do sintoma, ficaria orgulhoso dos seus longínquos parentes, fora de cogitação.

* * *

INSTINTO SELVAGEM

Ao longo dos últimos anos, a indústria farmacêutica tinha conseguido abafar os casos, poucos no início. Com o aumento exponencial das ocorrências, a mídia tornou públicas as denúncias.

Em diversos países, e com maior incidência nos Estados Unidos, usuários de ***Viagra*** comeram as próprias mães, e ficaram cegos.

Sabe-se, desde os primórdios da psicanálise, que o incesto faz mal à saúde.

A população precisa ser advertida que o Complexo de Édipo não tem remédio.

* * *

A VERDADE DA MILANESA

Controle, supervisão, cuidados técnicos.

Assepsia, objetividade, desconfiança metódica.

Condições praticamente perfeitas.

Carne de primeira qualidade, ovos selecionados, azeite extravirgem, sal a gosto.

Mas uma mão anônima tinha botado areia na farinha de rosca.

Escrito com o corpo

Oscar Cesarotto & Samuel León

A verve ímpar do argentino Néstor Perlongher pretendia operar uma subversão do sentido da linguagem, criando o cenário de uma poética abjeta que corroesse o uso trivial da palavra. A empreitada superou todas as expectativas.

Dizer que alguém é produto da sua época pode parecer evidente, embora inescapável. Nos anos 60, especificamente, "a experiência" dava o tom do ser-no-mundo; embora alguns se poupassem, muitos eram os que ousavam, provando desafios inéditos para revolucionar a própria vida e, de quebra, mudar a sociedade. Foi por isso que Che Guevara, eternizado como uma figura paradigmática, pagou com sua existência a intensidade de um desejo indômito, longe da prudência ou da sensatez dos que nada arriscam e se mantêm distantes, bem cuidados, porém covardes e/ou entediados.

Salvando as diferenças, outro que o destino levou para fora da sua terra, Perlongher, também era afoito e audacioso, tanto no plano pessoal quanto na escrita, fosse ela poética ou engajada. Longe das abstrações e das burocracias, soube ser um intelectual comprometido com as situações do cotidiano, daqueles capazes de refletir no calor do conflito, para teorizar só depois. Sua bagagem contracultural incluía as autocríticas da esquerda após a Revolução Cubana, o espontaneismo de Maio de 68, e ainda o hippismo e as vivências estético-vitais daqueles tempos.

Todas estas leituras da realidade indiciavam a política e os políticos no banco dos réus, assim como o papel do artista, a partir do momento em que ficou impossível pensar a prática sem fazer parte da linha de frente, botando o binômio corpo-idéia onde antes se colocava apenas a última. A conseqüência foi uma passagem à ação direta, atitude jamais isenta de risco.

Como a sua opção sexual nunca foi nem privada nem vergonhosa, apregoou-a, chegando a participar com brio de uma *Frente de Libertação Homossexual*, inviável na Argentina dos anos de chumbo. Nem direita nem esquerda admitiam semelhante erotização do compromisso político. O segredo vivido atrás das portas, agora nas ruas, contaminava o espaço social. A exposição pública daquela sexualidade "degenerada", inscrita assim na práxis partidária que, ingenuamente, dividia o mundo em bons e maus, era uma bomba de efeito moral sempre prestes a explodir. O discurso bem-pensante ficava esvaziado, quando confrontado com os fluxos desejantes.

Ao mesmo tempo, e desde muito cedo, Perlongher dedicou-se à literatura, sob a forma versificada do desconcerto. Com o passar dos anos, vários livros seus foram publicados, e a fama de poeta lhe trouxe projeção no mundo hispano-falante. O primeiro foi *Áustria-Hungria*, em 1980. Depois viriam *Alambres, Hule, Parque Lezama, Águas Aéreas; Chorreo de las Iluminaciones* e *Lamê* -- antologia brasileira com excelente tradução de Josely Vianna Baptista. As duas últimas foram editadas **post-mortem.**

A maior parte de sua obra poética foi escrita no Brasil, exclusivamente em castelhano, e disseminada, de início, em Buenos Aires. O impacto provocado pela sua lírica causou espécie e admiração, ganhando, de imediato, inúmeros admiradores, além de críticas exultantes. Nela, como não poderia deixar de ser, poesia e vida estão fusionadas, numa opção radical de imersão no pantanoso terreno da linguagem.

Contra uma certa intencionalidade discursiva, em que o referente teria por função informar, o gesto de Perlongher pretendia fazer desfazendo, torcendo, retorcendo, e contorcendo as palavras até elas produzirem os efeitos multiplicadores de uma transformação total, tendo como meta o orifício de engate com o próprio sujeito da escrita. De certa maneira, era tributário das propostas do grupo reunido em torno da revista *Literal*, no início dos 70, onde conhecera a Osvaldo Lamborghini e seu original passeio pela temática "gauchesca" -- gênero em desuso -- de quem, provavelmente, incorporou os anacronismos que deliciavam sua verbigraça.

Assim, habitavam sua poesia inúmeros termos perimidos e obsoletos que, na torção mencionada, funcionam como uma memória destinada a desenferrujar a língua, cada vez mais entregue aos usos triviais da comunicação. Um uso gregário do significante, em que o humor que esses restos de fala coloquial provocam, traz a lembrança de uma sedução já acontecida, agora proliferando como gozosa deriva.

Hoje, mais de uma década depois, quando as tendências conservadoras se consolidam, e não só na literatura, seu texto parece atual como nunca, devassando ao discurso não por falta, e sim por excesso. Uma exuberância que traz, desde *Áustria-Hungria*, a plena dissolução do sentido comum, obtendo dos seus tropos internos e de sua vazão o cenário metafórico de uma poética desbragada.

Como lógico corolário, foi reconhecido com o Prêmio Boris Vian em 1987, consagração oferecida por seus pares em Buenos Aires. Mais tarde, lhe seria outorgada a cobiçada Bolsa Guggenheim. Todavia, o que dizer sobre seu estilo? Nunca poderia ser esquecida a denominação que seu autor lhe dera, neobarroso. Isto é, tributário do barroco hispano-americano, na herança impoluta do cubano Lezama Lima, mas atualizado, amaciado e miscigenado "*por las aguas lamacientas del Plata, chirles, chulas y cholas*".

O preciosismo literário permitiu que Perlongher misturasse o bairro e o barro, o profano linguajar do dia a dia e suas fruições escusas com as baixarias das altas culturas. Nas escâncaras de um talento arteiro e impagável, gostava de debochar de qualquer parnasianismo com bom gosto e picardia. Produzida em um vernáculo intimista, parecia impraticável, para sua lavra, qualquer tentativa de tradução. Contudo, acabou vertido para o português, primeiro na antologia *Caribe transplatino: Poesia neobarroca cubana e rioplatense* (Editora Iluminuras), que ele organizara em 1991, e mais tarde, em *Lamê*, edição póstuma de homenagem prestada pela Unicamp.

Sim, porque Perlongher, além de versero, era também professor de antropologia na citada universidade. Seu trabalho de conclusão de mestrado, lançado mais tarde com o título de *O negócio do michê* (Editora Brasiliense), dava conta de uma pesquisa de campo na área dos devires urbanos, abordando um território até então nunca explorado de forma sistemática, e menos ainda teorizado: a prostituição viril em São Paulo. Ali, invertendo o paradigma acadêmico de não se entregar a seu objeto de estudo, a investigação tinha como palco seu próprio corpo, na inserção da agudeza das observações *in loco.*

Pouco depois, nos primeiros tempos do flagelo, escreveu um livro de divulgação sobre a Aids, documentado e didático, que resultaria fatalmente profético. Simultaneamente, costumava publicar artigos em jornais e revistas, nacionais e longínquas, sobre os assuntos que lhe concerniam, ou seja, a poesia e as políticas do desejo.

Perto do final da vida, sua curiosidade, sempre mais materialista do que mística, o aproximou de uma seita que cultua um poderoso e santo vegetal para abrir as portas da percepção e trazer nova inspiração. O saldo dessa aventura foi *Águas Aéreas*, culminando seu conluio com as musas. A mesma questão, vista da perspectiva do êxtase, teria sido seu tema de doutoramento, mas a Parca, inapelável, ceifou sua carreira.

A quinze anos da sua morte, Néstor é lembrado com carinho por aqueles que alguma vez o conheceram lépido, fagueiro e provocador. Enquanto isso, seus leitores latino-americanos, cada vez mais numerosos, acabam descobrindo nos seus livros um tesouro escondido a céu aberto. Se, no país de origem, continua a ser considerado exclusivamente um poeta, por estas bandas, foi como antropólogo que obteve notoriedade. Em paralelo, *Evita vive e outras prosas* (Editora Iluminuras), junto com *Lamê*, indicam a presença do autor nas letras brasileiras, permitindo que os leitores do vernáculo também fiquem extasiados com "*o pretíssimo azeviche onde trinam as latrinas, entre vaporosas dobras e borlas em flor, para o desespero fulo de um marinheiro só. Abur*".

Jingle balls!

Tese

No Ocidente, cristão e capitalista, o Natal é a culminação de um ano de negócios. Bimbalham os sinos, aumentam as vendas, e o espírito natalino costuma ser apenas a decoração das vitrines.

Em termos religiosos, a ocasião é motivo de júbilo e bons sentimentos. Todos ficam muito contentes, apesar da realidade. Entretanto, o Natal é mais ocidental do que carola e, agora, globalizado, um ideologema planetário, cada vez mais profano.

Antítese

Uma lenda do Terceiro Mundo:

Numa ilha caribenha, nos primeiros tempos de um processo revolucionário, foi necessário duplicar a produção de açúcar, para reorganizar a economia e garantir o pleno emprego.

A segunda safra teria de ser levantada antes do final do ano. Porém, na última semana, as festas interromperiam o trabalho. E tudo seria posto a perder...

O líder inconteste propôs adiar os feriados, e assim fizeram. Longas jornadas até dar conta, com o sol martelando e a foice na mão. Finda a colheita, foi comemorada a natividade, no primeiro dia de um mês plebeu.

Na folga após o dever cumprido, a população não precisou da iconografia consagrada, e virou uma celebração pagã. Um tempo de alegria, culminando numa *noche buena*.

Uma nova tradição nascia nas Américas.

Síntese

Depois de um par de milênios de sucesso, bem que o Natal poderia ser considerado de domínio público. No final das contas, o monopólio que o gerenciava perdeu a exclusividade. O passo a ser dado é a transformação da efeméride numa data laica, qualquer uma, sempre um bom pretexto para festejar. Para se evitar franquias e direitos autorais, convém não utilizar símbolos usuais e/ou corporativos. Isto posto, vale tudo. Todo dia é dia de micareta. Toda noite, paz e amor. E assim foi feito o convite:

"No ano de graça de 2004, na lua cheia do sábado 31 de julho, o 'birô lacã' promoverá um Natal agnóstico, ecumênico, e democrático. Na oportunidade, junto com o regozijo e a confraternização, será formalizado um sintoma na cultura."

Pela criação de um, dois, muitos Natais!

Felicidades!

* * *

Blue Moon

Na noite de 31/7/2004, a lua era cheia em Aquário, e na cidade de São Paulo brilhava a toda, convidando para uma festa *julina.* Então, foi comemorado um Natal, o primeiro do ano.

Outros virão, mas não como este. Atípico, aquém da folhinha, e para além de qualquer conotação religiosa ou fins lucrativos. A iniciativa consagrou a possibilidade de que algo tão disparatado tivesse cabimento.

Trinta pessoas, imbuídas de um autêntico espírito natalino, se desejaram felicidades, brindaram com *champagne*, comeram *panettone*, e trocaram presentes. Frank Sinatra, na vitrola, cantava *jingo bel*, e depois, tocou uma versão em **dub** de Pink Floyd.

Uma árvore decorada era o centro das atenções. Em funcionamento fora de temporada, provavelmente a única no mundo naquele momento, digna do **Guinness Book of Records.**

Não se tratava de um ritual, nem de uma instalação, e tampouco era uma performance. Antes, talvez, um **happening**. Este termo pode ser traduzido como *acontecimento*, ou, melhor ainda, *fazer acontecer.*

Dito e feito. Dadas as coordenadas de tempo e espaço (horário, duração, local), as pessoas convocadas celebraram espontaneamente.

O convite tinha sido explícito, e todos sabiam e queriam participar.

A proposta seria absurda, se não fosse lógica. Baseava-se no raciocínio de **Humpty Dumpty**, personagem de Lewis Carroll, dialogando com Alice. Em poucas palavras: enquanto o aniversário pode ser um só, existem outros 364 dias de não-aniversário. Ou seja, há mais oportunidades de festejar ao longo do ano do que numa data exclusiva.

Na prática, o oferecimento de um **potlach**, uma festança, tornou evidente a demanda reprimida de festejos natalinos. Apenas a oficial é pouco, e ficou comprovado que a ocasião faz o festão.

Portanto, faça você mesmo, e boa sorte!

Bastantes Natais, avulsos e sazonais!

Diretas já!

O IMPÉRIO CONTRAATACA

Em 2005, o comércio paulistano antecipou a decoração natalina para a primeira quinzena de novembro.

Em 2006, a publicidade típica das ofertas do final de ano na mídia impressa começou nos últimos dias do mês de outubro.

Continuando esta tendência, em 2017 o Natal coincidirá com a Páscoa, e não haverá mais diferenças entre panettones e ovos de chocolate, vida e morte, coelhos e perus.

Seta

O prédio parecia uma caixa de sapatos, vertical. Praticamente quadrado, com janelas simétricas e calculada sobriedade. Mas o passar do tempo cobrara o deterioro. Em vários lugares, nas esquinas e nas arestas, a capa protetora já não existia, não era mais branco senão tijolo exposto.

Essas cicatrizes foram suturadas com cimento e cal, e logo pintadas da cor original. Naquele dia, um andaime acompanhava a linha reta de um dos muros laterais, no precário equilíbrio de um único pintor dedicado à tarefa. Latas de tinta, pincéis, arames, e um rolo na mão direita, no vaivém. Vestia uma roupa de faxina escura, do tom da pele, botas vermelhas penduradas e, coroando a cabeça, um boné também vermelho.

Em sintonia com a velocidade do braço, o andaime era deslocado para os lados; depois, para cima e para baixo. A figura seria apenas um ponto em movimento, em constante fuga pelas diagonais do plano. Efêmera, não ficava quieta, e parecia voar.

No mesmo quarteirão, menos de uma centena de metros dali, num terraço vizinho, uma silhueta de contornos apagados estende um arco. Fibra de vidro, corda de aço de piano de cauda, giroscópio, mira telescópica. O prisma de cristal elimina a distância e o olho do caçador captura seu alvo.

Alvo de brancura é o fundo, destacando uma forma rápida que deixa, no ar, uma esteira ruiva como rasto. A flecha de metal galvanizado fura o silêncio e arranca um grito. Cai, como um rouxinol, abatido. A marca de sua sorte, agora inútil, é uma mancha vermelha que impede a solidão daquela parede.

Uma teoria centenária da sexualidade

Até cem anos atrás, as pessoas faziam sexo sem saber. Hoje, também não sabem. Mas, no ínterim, a teoria psicanalítica colocou, na ponta da língua, o ***kama sutra*** da sexualidade ocidental, como nunca dantes escutada. E a vida cotidiana no século vinte, para bem e para mal, contribuiu com experiências inéditas, obviamente inimagináveis na Viena crepuscular.

A realidade do momento que nos toca viver parece diferente, ainda que as questões sejam, no fundo, as mesmas. Na atualidade, as benfeitorias da sociedade de consumo já permitem superar quase todas as inibições dos períodos anteriores. Ontem, as coisas eram de outra maneira. Para o *Homem dos lobos*, paciente de Freud, a visão, furtiva e de soslaio, de mulheres de quatro dava-lhe brios. Mas, e ao mesmo tempo, tais imagens e pensamentos o deixavam envergonhado, pelas razões inconscientes de sua patologia. Era assim que acontecia, no passado recente. Agora, com a crescente globalização, quem tiver dinheiro e disposição, conseguiria satisfazer todas as fantasias eróticas, de forma civilizada e ausente de escrúpulos, em qualquer lugar do mundo, tamanha a flexibilidade do capitalismo e do turismo sexual.

Hoje, para quem não quer necessariamente passar ao ato, a imaginação tem carta branca para inúmeras estripulias ficando, às vezes, aquém da oferta aberta de pornografia de todos os teores. A indústria cultural pós-moderna faz, da curiosidade sexual, um grande negócio, movimentando bilhões de dólares e rios de esperma. Tudo o que durante os milênios prévios ficava oculto ou velado, no presente pode ser mostrado e disponibilizado para práticas virtuais. O relaxamento dos costumes, favorecendo a comercialização do imaginário, deslocou a culpa para outros âmbitos.

Como poderiam ser ilustrados os **tempora et mores** à moda antiga? Por exemplo, um cavalheiro vitoriano que curtisse uma pequena mania, se vestir de moçoila para posar no espelho, trancado sob sete chaves, no aconchego de suas fantasmagorias. Sua vontade talvez se esgotasse nesses gestos secretos ou, no máximo, no autoerotismo. Não precisava ser homossexual nem invertido, apenas um neurótico travestido cuja tara saía do armário de vez em quando.

Nos tempos que correm, ele teria mais opções. Alguém nascido macho, homoerótico por determinação e decisão, poderia "fazer carreira", se assim o quiser. Primeiro amaneirado, depois afetado, mais tarde, desmunhecado. A seguir, **drag queen**; na seqüência, *travesti*. De início, apenas maquiagem e penteados, e a roupa, cada vez mais feminina. Complementando, a cosmética, os postiços, as cirurgias modeladoras, o silicone. Alma de ex-homem em corpo de mulher, num processo que, se levado até as últimas conseqüências, exigiria cortar o derradeiro vestígio da virilidade.

Todavia, esta saga não termina com a intervenção irreversível. Após a consolidação de uma nova identidade de gênero, é preciso entrar na justiça, para obter o devido reconhecimento por parte da lei civil. A alteração burocrática do nome e dos documentos seria uma tentativa de inscrição simbólica, quase uma suplência cartorial. Como resultado, uma cidadã novinha em folha; não raro, casadoira e provida de *instinto maternal.*

* * *

Quando se fala de *liberdade sexual*, trata-se sempre de uma gesta inacabada. A nossa sexualidade, sem deixar de ser uma vivência orgânica, é uma construção cultural, sujeita a vaivens históricos. Seria inútil esperar que a biologia ou a etologia resolvam os meandros do desejo, nem o neodarwinismo, e tampouco a psicologia evolutiva. Nas ciências da cognição, se a libido não ficasse fora de cogitação, comprovar-se-ia como a sua incidência impõe as condições de funcionamento da maquinaria racional. É por isso que os discursos das humanidades, a filosofia, a antropologia, a sociologia, todos têm algo para contribuir, mesmo que o assunto os desborde, ou fuja dos seus postulados.

As religiões, por outro lado, têm bastante a dizer, pois desde sempre coíbem ou incentivam determinadas atitudes, estreitando as potencialidades. Na consolidação das estruturas elementares de parentesco, as crenças garantem o controle do tecido social. Desde a pré-história, regras norteiam o rebanho humano. Tirando o tabu do incesto, *imexível*, os preceitos podem ficar mais rígidos ou flexíveis, segundo as épocas.

Algumas ocorrências contemporâneas seriam imprevisíveis décadas atrás. O advento dos anticoncepcionais permitiu desvincular, de forma laica, a volúpia na horizontal da multiplicação dos semelhantes. Neste ponto, foi dado um passo à frente, abolindo a *lei de bronze da reprodução*, para abandonar de vez a natureza. Desde sempre, a pulsão é o destino, e seu fim é apenas se satisfazer, de qualquer maneira contingente. Em outras palavras; nossa espécie não é, e nunca foi, regida por nenhum mandato imutável. Ainda bem.

Como contrapartida, outro avanço da ciência. O ato sexual deixou de ser fundamental para o **start** de uma gravidez. Assépticos instrumentos fálicos de laboratório dispensam o dito cujo. Logo, as técnicas de clonagem, por enquanto não permitidas oficialmente, tornarão o sêmen prescindível, e não demorará até a isonomia narcísica selar o armistício da guerra dos sexos, via partenogênese. A aliança entre a medicina e a histeria, de longa data, ganhou força total na era da tecnologia. Não deveria surpreender, pois, em definitivo, do que se trata é da persistência de um fantasma consagrado pelo público: a concepção sem intercurso, séculos em cartaz.

Por estas e outras, o que era sabido sem saber fica constatado: o sexo, para mulheres e homens, não coincide com o natural, nem com o artificial. O buraco é mais encima.

* * *

Para Tom Zé, somos todos robôs com defeito de fabricação. Isto é, programados pela palavra, mas perdidos no mundo sígnico. E, como distamos muito de ser infalíveis, erramos e nos equivocamos. Ainda bem que a imperfeição tem, como benefício secundário, o princípio de incerteza. Humanos, em excesso humanos, seríamos a resultante de altas complexidades, incalculáveis. Caos e progresso.

Como entes falantes, sexuados e mortais, temos muitos prós e contras. A subjetividade é moldada a partir destas três determinações que, amarradas, perfazem algo assim como uma ontologia psicanalítica mínima.

Temos um corpo, feito de matéria sensível e perecível, com a capacidade de ser proprioceptivo. Sua imagem nos cativa, seja no espelho ou no olho alheio. Dispomos de uma mente ágil, organizada pela linguagem, e um inconsciente trapaceiro e loquaz. Podemos ser parcos ou falastrões, porém, sempre sujeitos do mal-entendido. Padecemos a dor de existir e, de resto, nada queremos saber da finitude. Mas, por sobre todas as coisas, somos objetos do gozo, atraídos pelo desejo, muito prazer.

Ao longo da vida, em todas as etapas, do mesmo jeito e distintas formas, os impulsos sexuais colocam em xeque a verdade da existência. Desde cedo, aprende-se que as gratificações quase nunca são gratuitas. Um desarranjo essencial e incontornável, talvez estrutural, indicia a sexualidade humana sob a égide do conflito.

Os genitais são a sina, a ser rescrita em outros planos pelo processo de sexuação. O real da anatomia precisa de uma lógica do sentido para aceder à ordem simbólica. Marcados pelo Outro, os órgãos sexuais são uma fonte de semiose inesgotável. Para além dos nomes corriqueiros, da terminologia científica, dos apelidos, das metáforas poéticas e do calão, subsiste a impossibilidade de considerá-los numa única perspectiva.

Na confluência das pernas, a diferença sexual anatômica nunca é ponto pacífico. Na mesma localização somática, coexistem as funções de excreção e de fertilização. Mas não só. Como decorrência das primeiras, e nelas apoiada, surge a mais-valia de uma fruição que fica independente e fora de propósito. Eis o domínio de Eros, ao mesmo tempo íntimo e éxtimo, sujeitado pelos termos que o significam, e pelas normas que o delimitam.

A alçada da moral impõe seus valores e restrições, e a metafísica é o álibi que encobre o recalque do tesão. A cultura é a causa e o efeito, tanto da repressão, quanto da sublimação. O saldo é o mal-estar eternizado da sociedade.

Portanto, real, simbólica e imaginariamente estamos neste mundo, e a carne costuma ser fraca. Cheios de graça, gozamos como podemos, por conta e risco. A sexualidade é o ponto alto da experiência vital, nunca tranqüila, e o fado do animal humano é padecer fora do paraíso.

A folha de parreira é o signo do pudor. O suor da testa, para ganhar o pão, é um castigo trabalhista. Parir com dor faz parte do ciclo da sobrevivência. Contudo, o fruto proibido já foi degustado, e dá para quebrar o galho da árvore do conhecimento. O pecado, sempre sexual, é o verdadeiro sal da terra.

* * *

O livro *Três ensaios sobre a uma teoria da sexualidade*, de Sigmund Freud, publicado em 1905, funda um novo discurso sobre a questão, instaurando um corte epistemológico já a partir do seu primeiro parágrafo:

A opinião popular possui uma representação definida da natureza do instinto sexual. Acredita-se que falta por completo na infância; que se constitui no processo de maturação da puberdade; que se exterioriza nos fenômenos de irresistível atração que um sexo exerce sobre o outro; e que sua finalidade seria a cópula sexual ou, pelo menos, aqueles atos que a ela conduzem.

De cara, fica explícito quem será tomado como interlocutor, para ser interpelado: a doxa, a opinião comum, as crenças generalizadas sobre a sexualidade judaico-cristã. Tal representação do mundo pode ser ilustrada com um clichê, onde coincidem os anseios normativos que preconizam a normalidade no mais perfeito figurino de **Hollywood.** Os personagens são dois adolescentes, **teenagers**, se encontrando quase por acaso, segundo o esquema de **boy meets girl**. A descoberta mútua do amor os deixa eternamente contentes, e o filme-verdade termina, sem erros nem desvios, num alegre **happy end**. Viva o **american way of life!** Bulhufas: faz tempo que a teoria freudiana detonou definitivamente a miragem idílica desta **happiness**, confrontando-a com o cardápio buñuelesco das variações infindáveis da libido, e suas potencialidades anamórficas reveladas pela clínica.

Superando as noções ideológicas prévias, o conceito de pulsão define, desde então, o exílio da nossa espécie do reino animal. Todo e qualquer instinto teria sido pervertido pela civilização, se perdendo a naturalidade que os outros mamíferos têm para serem felizes, bucólicos e equilibrados. Mas a essência da humanidade ficou indômita, excêntrica e malcomportada, apesar do peso estatístico da heterossexualidade reprodutiva. A plasticidade das catexias extrapola as configurações tradicionais tipo mamãe-papai, **Mom and Dad**. Por isso, **His Majesty the Baby,** apelidado de Édipo **Jr**., entrou na história como um brinquedo erótico, um joguete do gozo alheio. Seu inconsciente, o discurso do Outro, designou suas escolhas amorosas, suas demandas, suas frustrações, e até sua tragédia. É o preço que se paga por ser desnaturado.

* * *

Cem anos depois, a polêmica virou banalidade, e muito do que era escuso foi escancarado. Mesmo assim, espantam as resistências que as contribuições analíticas ainda provocam em alguns discursos tidos como competentes. Para muitos, continua sendo um escândalo que a condição polimorfa da sexualidade não tenha explicação biológica. E que não possa ser controlada por completo, apesar das regras e os preceitos morais. Os seres humanos somos racionais, mas insensatos, quando de sexo se trata. O saber positivo, cada vez mais amplo, não dá conta dos azares que deslocam o errático tesão.

Mas não tem jeito, sendo sujeitos não instintivos, seremos psiquicamente libertinos. Sexo vem de **sectus**, cortado, e é só através do complexo de castração que acedemos ao desejo. Lacan dizia que, por ter abolido a polaridade cósmica entre o masculino e o feminino, a contemporaneidade arcava com o ônus de não haver relação sexual. A significação do falo, válida para machos e fêmeas, é polissêmica e nunca unívoca, e a excitação, passível de estímulos variados e insólitos. Destarte e doravante, a pulsão inscreve um enigma que inquieta o narcisismo, um ponto de interrogação que toma conta do soma. Para se acasalar com outro corpo, é preciso sair do casulo, com resultados incertos. Por esta razão, a cópula sempre será o mais radical dos esportes.

Como o velho psicanalista afirmara, uma centúria atrás, a satisfação compartida no leito continua sendo o melhor remédio contra a insônia. O Ministério da Saúde adverte: fazer amor é bom para o coração.

O Oscar da Academia

MATEMA
(Brasil - 2006)

Versão atualizada do clássico de Pier Paolo Pasolini. Promovendo a inclusão social, um anjo pornográfico é recebido e convidado para ficar numa opulenta mansão do Morumbi. A seguir, mantém relações espirituais contra-natura com todos os membros da família, a empregada, o segurança, o jardineiro, a arrumadeira, o motorista, a faxineira, o guarda noturno, o entregador de pizza, a moça da zona azul, os bichos de pelúcia e os animais de estimação.

* * *

RASPUTIN
(U.R.S.S - 1928)

Falso documentário inédito de Sergei Eisenstein, proibido pelo Politburo, e resgatado dos arquivos da KGB décadas depois. Nem reacionário nem pró-czarista, foi considerado inapropriado para o proletariado pela exaltação do personagem central, papel desempenhado por um autêntico **mujik**, Mijail Strogonoff, de olhar magnético e natureza de garanhão.

A premissa do santo homem era: *Para poder se arrepender, primeiro é necessário pecar.* O filme registrava o depoimento de algumas das 144 mulheres "absolvidas" por Rasputin, todas sonhadoras e saudosistas.

* * *

XAYMACA
(Jamaica - 1970)

Na primeira produção de ficção-científica do Terceiro Mundo, três adolescentes rastafaris mutantes radiativos detonam um explosivo sônico que abala o planeta. Usando as tranças como antenas, fazem o mundo inteiro dançar reggae, enquanto a CIA tenta acabar com a teologia da libertação.

* * *

O VERÃO DA LATA
(Brasil - 2005)

No início da década de noventa, o cargueiro de bandeira filipina ***Blue Star***, navegando em águas brasileiras, sofre uma pane e lança um S.O.S. Antes da chegada do socorro, são jogadas no mar algumas toneladas de latas suspeitas. A correnteza e a força das marés as levam para o sul, e muitas atolam nas praias do litoral paulista, fazendo a festa.

* * *

ZOMBIE 3
(Itália - 1986)

Uma das mais inacreditáveis cenas de cinema de todos os tempos acontece neste filme italiano. Num veleiro, perto de uma ilhota do Caribe, algumas pessoas tomam sol. Uma moça tira a camiseta, e se lança ao mar. Ao mesmo tempo, um morto-vivo, em pleno dia, caminha pela praia e entra na água; como não precisa respirar, se interna cada vez mais fundo. Quando chega embaixo da bela nadadora com os peitos de fora, metros acima dele, aparece um tubarão no meio. O zumbi não hesita: segura o peixe pela cauda, e lhe dá uma mordida.

O que um homem não faz por uma mulher! E ela nem ficou sabendo.

* * *

BLOW DUB
(Inglaterra / Brasil- 2000)

David Bowie é um fotógrafo inglês que passa uma temporada em São Paulo preparando um ensaio visual sobre a cidade. Num fim de tarde, flagra um casal fazendo sexo bizarro num recanto escondido do parque Ibirapuera. A partir de então, começa a ser perseguido por uma seita de profanadores bíblicos, dispostos a tudo para eliminar a prova de sua existência. Sai fugindo com uma bela mulata de Sargentelli como guia pelos bairros paulistanos. O conflito final acontece num mini-golf perto da marginal, depois de uma partida sem bola.

* * *

SEXTA-FEIRA 13 - O tabu da virgindade
(U.S.A. - 2003)

Uma semana antes do casamento marcado, as amigas oferecem um chá de cozinha para a noiva, que aceita os presentes, feliz e contente. De repente, aparece Jason, mascarado e nu. Depois de anos de análise, já não é mais agressivo, e muito gentil com as mulheres. Ele dará a primeira metida na prometida, num ritual pagão, sendo encorajado pelas outras moças. O futuro marido será poupado.

* * *

A OUTRA CENA
(Alemanha - 2007)

Sandman é um personagem inspirado no *Homem da areia* de Hoffmann, interpretado por Neil Gaiman. No final do século XIX, visita Sigmund Freud numa noite de chuva, lhe propondo um pacto: deixar de consumir cocaína, para poder entrar no reino do Sonhar. Freud aceita, vai para a cama e faz a fama. No final da vida, encerrada com um pico duplo de morfina, reencontra Morfeu na outra cena.

* * *

NESSIE
(Escócia - 2005)

Animação digital protagonizada pela criatura do Lago Ness. As lendas e os testemunhos de sua presença permeiam o folklore da região, nos depoimentos dos moradores. Mas o único a ter contato íntimo com ela, Ronald McOnion, se recusa a falar sobre o caso. Então, Nessie aparece, assumindo em público sua gravidez, e exigindo ser aceita pelo clã.

ÉTICA SINTÉTICA

A ética sintética é lapidar: *Você pode realizar o seu desejo, pagando à vista com a própria vida.* Mas, quanto custa uma vida, tanto ou tão pouco? E no atacado? Qual é o ônus de viver? O que se paga com a morte? A sobrevivência seria inapreciável? O nada, impagável?

Quem teria sido, verdadeiramente, o inventor do avião? Uma centena de anos atrás, numa rara coincidência, a paternidade da nascente aviação foi reivindicada em dois lugares diferentes e de maneira quase simultânea. Nos Estados Unidos, foram os irmãos Wright, americanos; na França, Enrique Santos Dumont, brasileiro, ali residente na época. Como se sabe, Clío, musa da História, consagrou os primeiros, e desgraçou o último.

Em 1932, por ocasião da chamada Revolução Constitucionalista, quando o Estado de São Paulo tentou ser independente do Brasil, se enfrentando ao país, Santos Dumont presenciou o bombardeio aéreo do Guarujá, onde então morava. Viu a sua criação, que certa vez considerara um progresso da humanidade, a serviço da mortandade, e não suportou. A tristeza perante tal fracasso da civilização, do qual se sentia, apesar de tudo, responsável, o levou a pôr um fim voluntário à sua existência.

O caráter positivo do aeroplano, meio de transporte que encurta as distâncias, aproximando as pessoas, adquire um significado oposto ao ser usado como arma, como tantas vezes seria comprovado pelas forças aéreas, em todas e cada uma das sucessivas guerras. No entanto, na alvorada de um novo milênio, o mundo inteiro ficou horrorizado quando aviões civis foram transformados em poderosos instrumentos de destruição, lançados como mísseis contra alvos significativos e imprevisíveis. No maior e mais espetacular dos atos terroristas, quatro jatos comerciais seqüestrados viraram peças letais de um jogo em que muitos perderam a vida. As vítimas – aqueles que estavam a bordo ou foram atingidos nos prédios – e os autores materiais do atentado partiram juntos para o além.

Nestes exemplos nefastos, o sentido e a função do suicídio evidenciam-se tão distintos que acabam impondo algumas reflexões.

* * *

Poucos anos atrás, os jornais informam que um suíço, vestido de policial, atirou contra seus odiados patrícios, exterminando quatorze inocentes antes de, a seguir, matar-se. Notícias como esta são, até certo ponto, freqüentes; porque muitas delas acontecem em território ianque, já foi pensado que acontecimentos semelhantes fariam parte de um tipo de patologia exclusivamente local. No entanto, o episódio helvécio mostra a insensatez sem fronteiras. Por outro lado, nos anos de **intifada** palestina contra o Estado de Israel, inumeráveis ações similares parecem destacar não apenas um **modus operandi** tático, mas um estilo de ofensiva de raízes inconscientes.

No início dos anos noventa, a opinião pública mundial foi comovida pelo massacre ocorrido na **Columbine High School** da cidade de Littleton, Colorado. Dois alunos, armados até os dentes, entraram disparando contra aqueles que encontravam pela frente. Muito foi escrito sobre o assunto, além dos filmes de Michael Moore (*Bowling for Columbine*) e de Gus Van Sant (*Elephant*). Mesmo que outras tragédias posteriores possam ter superado a magnitude desta, valeria a pena lembrar de alguns detalhes do acontecido, por constituírem algo assim como um paradigma racional.

Aqueles adolescentes assassinos eram considerados diferentes, pouco sociáveis, nada interessados nos esportes, como a totalidade dos estudantes. Pelo contrário, pálidos, reservados, e de poucas palavras, eram esquivos em relação aos outros, embora muito sintonizados entre si. Escolheram o dia 20 de abril para sua performance macabra porque coincidia com o aniversário de Adolf Hitler. No seu diário, um deles escreveu: **A good day for dying.** A intenção explícita era converter o dia de um nascimento na data apropriada para um funeral.

Depois de "velar as armas" enquanto escutavam *Marilyn Mason* e outras bandas de **heavy metal,** eles foram até o prestigioso estabelecimento de ensino e começaram a atirar contra seus professores e colegas, em especial, mirando os mais ricos e os esnobes. De forma seletiva, evitaram os afro-americanos e os não docentes. Mataram e feriram todos os que puderam antes da chegada das forças da ordem, e deixaram a cena com um tiro certeiro em si mesmos. O plano original previa o suicídio imediato ao tiroteio, sem rendição. Este foi o ponto álgido da hecatombe, quando ser ou não ser já não era a questão, senão continuar sendo. Viver ou não viver, depois de tudo?

* * *

Bastante foi dito e escrito sobre deixar de viver por decisão própria, na culminação do ato que consagra o império da vontade em detrimento do sopro vital. A este respeito, seriam invocados os discursos da religião, da filosofia, da ética, e tantos outros. Contudo, desnecessário lembrar aqui as circunstâncias sob as quais, na Grécia antiga, na Roma Imperial ou na Idade Média, o assunto era contemplado. Tampouco é preciso abordá-lo pelo viés do cristianismo, cuja posição contrária sempre foi pública e notória. Consigne-se que só depois da Revolução Francesa deixou de ser um pormenor concernente ao Estado, para passar ao foro íntimo. Um gesto volitivo solitário, clandestino, e patológico.

Entretanto, o Estado detêm a função delegada de administrar a pena máxima, nos regimes em que vigora. As leis organizam, na vida comunitária, as circunstâncias em que o crime torna credor, ao seu autor, de um castigo radical e absoluto. Quem faz, tem de pagar. O talião, mesmo parecendo anacrônico, determina, em vários lugares do mundo atual, que aquele que mata tem de morrer. Dessa maneira, a sociedade acredita estar se protegendo, ao exercer total simetria na repressão. Quem eliminou, um ou muitos, deve ser exterminado, embora não possa sê-lo mais de uma única vez. A qualidade da penalidade suprema sequer consegue traduzir adequadamente a suma dos homicídios que se propõe punir.

Poderia ser discutido se a prisão, perpétua ou não, substituindo a pena de morte, seria prova de algum tipo de progresso moral ou humanitário. Em todo o caso, é a forma oficial de se fazer justiça, cobrando anos de liberdade pela falta cometida. O que acontece quando aqueles que incorrem em gravíssima transgressão não esperam pelas conseqüências, e resolvem suas pendências se nulificando na hora, sem intervenção exterior? Voltando à matança de Columbine, nenhum dos agentes da carnificina sofreria o peso das sanções que lhes corresponderia; a decisão irrevogável sobre o próprio destino os pouparia de culpa e seqüelas. Em outras palavras, uma total impunidade, burlando a lei e pagando por antecipação. **Morituri:** os que sabem que vão morrer, mais ainda quando isso depende só deles, podem se sentir super-homens, imaginária, pragmática, e nietzchianamente.

Pareceria mais normal se, depois do **ex abrupto** criminoso, seu feitor fosse rendido, capturado e preso. Um julgamento lhe espera, assistido pelo direito de se defender legitimamente, através da interposta pessoa do seu advogado, conhecedor da legislação e das regras processuais. Após o ditame do júri, sua sorte estará lançada.

Aplicada a pena capital, terminarão seus dias neste mundo; se não, a sentença determinará o tempo da detenção forçada na cadeia. Seja qual for a punição que possa merecer, o arrependimento, se houver, seria considerado apenas o sinal de alguma mudança interna, incapaz, porém, de comutar a dívida contraída ao romper o pacto social.

No entanto, quem paga com sua vida, quando e como lhe aprouver, nada deve a ninguém, a Estado nenhum, ou a Deus algum. Privatizando a própria desaparição, fica quite, **mano a mano**, como se diz. Muito bem, ao inverter a relação de causa e efeito, percebe-se que aquele que vai morrer acaba usufruindo algo assim como uma "luz verde", ou "carta branca", para fazer o que lhe dá na telha, pois está disposto a aceitar sem regatear o preço mais alto.

Esta dimensão de poder tem proporções sinistras, e fica claro por quê. Primeiro, por superar o âmbito do **cogito** existencial sobre a decisão de continuar vivo, o único problema filosoficamente relevante para o ser humano. E depois, por levar a sério uma **boutade** surrealista que propunha sair na rua e atirar na multidão sem motivo (inclusive, antes que qualquer outro tenha a mesma idéia, e seja mais rápido). Assusta reconhecer que alguém poderia se importar muito pouco com o futuro e querer, aqui e agora, atravessar a rede fantasmática, realizar o desejo de forma cabal, e ir para o paraíso ou para o inferno. Ficaria um resto: o cadáver, como pagamento, ou talvez como **souvenir**.

É fácil entender a razão pela qual as religiões jamais admitiriam o suicídio: quem encara seu passamento por conta própria desmonta o monopólio divino, não se interessando pela exclusividade fatal. Mas, o que se passa se a investida extrema ocorre por mandato religioso, ou quando o poder é o mentor? Os casos típicos costumam envolver elementos políticos e, muitas vezes, um contexto bélico. Foi assim na Segunda Guerra Mundial, com os **kamikazes** japoneses ou, recentemente, com a **jihad** islâmica, junto com o terror globalizado e cotidiano. Amalgamar o corpo a um explosivo para morrer matando, tantos quanto possíveis, é o cúmulo da agressividade, consumando a pretensão de dizimar o oponente. A capacidade letal que essa missão acrescenta, ao poder de fogo, o pavor que provoca nos prováveis alvos. Pois, como dizia Lacan, não existe defesa possível contra um inimigo cujo gozo não pode ser mensurado.

As características dessas ações específicas precisam ser destacadas:

a) apesar de individuais, inscrevem-se numa lógica coletiva, em que há um sentido partilhado com outros;

b) ao inverso, o antagonista é claramente definido e detestado;

c) ademais, constam emblemas e insígnias para sustentar e honrar;

d) uma perspectiva de glória e reconhecimento eternos para quem escolhe o martírio.

Como o ato drástico seria um meio ao serviço de uma finalidade, trata-se de uma completa alienação, conduzindo ao sacrifício. A disposição incondicional para ser um instrumento denota a ambição de querer satisfazer um Outro Absoluto, como se fosse alguma terrível deidade propondo o mal como bem supremo.

Cabe uma interpretação psicanalítica para tudo isto, para evidenciar o agir da instância psíquica que reflete os valores, a voz do dever, personalizada e subjetiva, que pode ser chamada tanto de *supereu* quanto de *ideal do eu.* Mesmo incorporando os valores sociais e representando a consciência moral, não é senão a herança inercial do narcisismo. Portanto, quando seus mandatos exigem a entrega total a uma causa, no final, o óbito é recompensado com a onipotência, por efêmera que seja.

* * *

É preciso terminar, na medida do possível cuidando que as conclusões não sejam banais demais, nem excessivamente pessimistas. Levando em consideração a estupidez inerente aos seres ditos superiores, é quase certo que nunca faltarão alguns capazes e dispostos a tomar nas mãos as rédeas da sorte, para assim arcar com a finitude, numa derradeira exaltação auto-erótica. E dogmas, credos e ideologias serão sempre insuficientes para garantir a sensatez.

O suicida, para além dos seus motivos, se encaminha para a outra vida levando consigo o íntimo segredo do seu proceder.

A insalubre fruição de sua potência dribla, numa atitude cruel para com os outros, qualquer eventual recriminação. Só restaria gravar, no seu túmulo e em relevo, o terrível dístico da ética sintética:

Você pode fazer o que quiser, desde que pague com a vida.

Nihil obstat.

Snoopy versus the Red Baron

Teria sido alguma vez, num verão sorridente, numa campina florida nas Dolomitas, num passeio a três: Sigmund Freud, médico bastante falado na época, conhecedor da alma humana, Rainer Maria Rilke, jovem e já célebre poeta; e Manfred von Richthoffen, aviador prussiano, mais tarde apelidado de *Barão Vermelho.* Conversavam, a passo lento, todos de chapéu, secando o suor com lenços desfraldados. No sol a pino, árvores, flores e borboletas celebravam a vida.

O poeta declarava a impossibilidade de ser feliz, sabendo que toda aquela natureza, embora esfuziante, magnânima e envolvente, era destinada a não durar. A beleza absoluta de hoje apenas seria a lenha seca do inverno vindouro.

O mais velho, além de não concordar, começou uma longa peroração sobre a transitoriedade, o perecível e o efêmero: *Nada é menos maravilhoso pelo fato de um dia acabar, assim é a ordem das coisas, das pessoas também, de todos e de um por vez. O tem-*

po flui e nada continua igual. O que se perde aqui se ganha acolá, e vice-versa. Após invernos, primaveras virão, e a vida continuará para sempre, longe das possibilidades da imaginação humana. O desabrochar só encontra seu sentido no crepitar, mais tarde, para cumprir um ciclo, e o que é de todos se singulariza em cada um, e a permanência do conjunto total justifica sua perenidade.

Freud ainda não tinha chegado na casa dos sessenta, mas já era velho. Carregava nas costas o peso do mundo, e o que vivera lhe resultava suficiente. Continuou falando, agora das perdas, reais ou fictícias, próprias e alheias, insubstituíveis ou não. Falava do amor, e o poeta ouvia atento, apesar dos argumentos prosaicos. Alguns, sequer muito originais, nada que Goethe não tivesse esboçado alguma vez.

As considerações pareciam incontestáveis, mas não causavam impressão notável, quer no poeta, quer no outro. O clima entre eles foi ficando amargo. Freud percebeu que fracassara no seu intuito de esclarecer o seu interlocutor. Isto o levou a inferir que algum fator emocional poderoso turvava o discernimento e murchava o espírito. A certeza de que toda aquela beleza não duraria, provocou naqueles dois espíritos sensíveis uma antecipação do pesar que traria o aniquilamento.

Logo deduziu o que tinha acontecido. Sem dúvida, a revolta psíquica contra a aflição, contra o luto por algo perdido, devia ter atrapalhado a fruição do belo. Como a alma tende a se afastar do que lhe causa pena, ambos se sentiram impedidos de gozar da natureza aqui e agora, dada a índole finita desta.

Porém, quem poderia saber, talvez fosse por qualquer outro motivo inconsciente...

* * *

O passeio e a palestra aconteceram no verão que precedeu à Grande Guerra. Um ano depois irrompeu o conflito que roubou do mundo todas as suas belezas, não apenas ceifando vidas a granel e destruindo as obras de arte que encontrava no caminho, mas também aniquilando o primor das paisagens invadidas.

Von Richthoffen era considerado um ás, de jus. Ele sabia disso, e não se importava. Seus colegas pilotos, seus superiores, o pessoal de terra, todos louvavam sua habilidade no ar, sua coragem, e a pontaria certeira: sua metralhadora giratória tinha já abatido mais de uma dúzia de aviões inimigos. Quatorze, para maior exatidão, a maioria **Sopwith Camel**, inglês, mas também um pequeno **Lincoln** americano de reconhecimento.

Ele era louro, típico da sua raça, a mais pura estirpe dos senhores feudais prussianos. Como tantos deles, seguira a carreira das armas; diferentemente, não se interessou pela infantaria, e sim pela nascente aviação militar, prenuncio de que os próximos campos de batalha seriam no céu. Seu avião, que dirigia com mestria, era um **Fokker** de asa tríplice, superpostas. Na fuselagem, tinha pintadas duas cruzes de Malta, brancas e pretas, contrastando com a cor vermelha do aparelho. Os ingleses, numa mistura de medo e respeito, o chamaram de ***Red Baron***, e o mote pegou. Diziam que o vermelho era pelo sangue derramado, e juravam vingança. Aqueles que tentaram não voltaram.

Naqueles tempos, a luta aérea era quase corpo a corpo. Os aviões, pequenos e velozes, não ofereciam alvo fácil, e para fisgar o antagonista, era necessário chegar perto, ser rápido, mirar logo e disparar. Cada tanto, alguém acertava, e o drama acontecia, caindo em parafuso, um rasto de fumaça espiralada, até o estrondo final, no primado da gravitação universal.

A fama do Barão ia além do front, chegando nas cidades através de comentários. Pouco depois, os jornais ecoaram, e assim virou herói. Suas feições bem definidas, porém delicadas, eram assaz conhecidas por todos nas fotografias, e mais de uma **fraulein** o premiaria com seus favores.

Um dia, despontando a alvorada, o barulho imediato de um motor acordou a base, e vários pularam da cama, alertas, saindo em tempo de ver um avião voando baixo, muito baixo, em círculos sobre suas cabeças. Era diferente, um modelo nunca visto, obviamente inimigo, sem insígnias, por completo verde.

Cada volta, o piloto acenava, saudava, fazia mímica. Num último rasante, planou pouco acima do aparelho do Barão, deixando cair alguma coisa e desaparecendo nos primeiros raios do sol nascente.

De longe, parecia um trapo sujo enredado no timão. Em seguida, viram que se tratava de uma cueca, já usada, **Made in England** bordado na etiqueta. Dentro, prendido com um alfinete de segurança, um papel com um recado: ***12.00 p.m.***

Nada mais precisava ser dito. As faces de Von Richthoffen enrubesceram, ele próprio, agora, vermelho. Era o centro dos olhares, o destinatário da afronta. Levantou o braço, fechou o punho, e deu um soco no vazio, querendo atingir o ausente. Num espontâneo coral de exclamações entusiastas, todos começaram a cantar um **yodel.**

* * *

Oh, what a lovely war! -- cantava Paddy Maloney, e não era brincadeira. Piloto da recentemente fundada **Royal Air Force**, sabia voar como poucos, e estava sendo convocado para experimentar um novo protótipo. Ficou impressionado com a aeronave, leve como uma ave, livre no seu elemento e fácil de pilotar, arteira e certeira. Ninguém melhor do que ele para testá-la em combate. Quem outro, se não? Paddy topou, impondo condições: o avião devia ser pintado inteiro de verde vivo, em louvor à sua Irlanda natal. Pelo mesmo motivo, exigiu que, na primeira missão, as insígnias da Inglaterra ainda não o ornamentassem.

Os irmãos, os amigos, e os soldados, qualquer um o chamava de ***Snoopy***, e este nome batizou seu aparelho. Era ruivo, mas o capacete, que poucas vezes tirava, ocultava seu cabelo. Raramente pensava, pois achava que não valia a pena, e agia por intuição. O **whisky,** presente na sua vida desde a mamadeira, reforçava seu nacionalismo intransigente. Ao meio-dia daquela data, deu um último gole, fez uma reverência para seus colegas, e se encaminhou para fora do hangar, bem disposto a vencer ou morrer, confiante no próprio taco.

* * *

Os alemães estavam inquietos, desconfiados. Parecia uma armadilha anunciada, uma emboscada prestes a acontecer num lugar imponderável muito acima dos bosques. O marechal von Stroheim se achou na obrigação de procurar o Barão, que estava aguardando o encontro marcado, para comunicar que o dispensava de comparecer ao desafio, visto o grau de incerteza e periculosidade da presente situação. Sua honra militar não seria atingida.

Von Richthoffen encarou seu superior, deu uma risada sarcástica, e disse o que tantos **vikings** antes disseram, ao longo dos séculos: *Obrigado, mas quem quer viver para sempre?* O sol, perpendicular, indicou o momento de não voltar atrás. Antes de subir no avião, seguindo a recomendação do Dr. Freud, colocou uma generosa porção de cocaína num copo de vinho branco do Rhein, e bebeu tudo num único gesto marcial.

Os dois decolaram quase ao mesmo tempo, e rumaram em direção ao outro. Sem nuvens no horizonte, o duelo começou assim que se avistaram, embora não simultaneamente. O Barão, mais alto, olhando para baixo, não distinguiu o avião de ***Snoopy***, cuja cor ajudou a ser confundido com o arvoredo em terra. O irlandês, quando sentiu a sombra do triplano sobre si, acelerou, embicou para cima e, na vertical, atacou vindo de onde não era esperado.

* * *

Rilke, na época, trabalhando num cabaret em Berlim, recebeu um telegrama avisando a morte do amigo. Começou a chorar. Lou Salomé, do seu lado, também. No meio das lágrimas, os dois reconheceram uma dor similar. De repente, e ao mesmo tempo, perceberam que a perda do Barão era igual para cada um deles, depois que o prussiano os seduzira por separado, desfrutando do livre acesso aos seus corpos e almas.

* * *

A guerra também destroçou nosso orgulho pelas realizações da nossa civilização, nossa admiração por numerosos filósofos e artistas, e nossas esperanças quanto a um triunfo final sobre as divergências entre as nações e as raças. Maculou a elevada imparcialidade da nossa ciência, revelou nossos instintos em toda a sua nudez, e soltou de dentro de nós os maus espíritos que julgávamos domados para sempre, por séculos de ininterrupta educação pelas mais nobres mentes. Amesquinhou mais uma vez o país, e tornou o resto do mundo bastante remoto. Roubou-nos tudo o que amáramos, e mostrou-nos quão efêmeras eram inúmeras coisas que considerávamos imutáveis.

Cabe especular o que acontecerá com as perdas atuais. Uma vez superado o luto, advertiremos que nossa elevada estima dos bens culturais não sofreu menoscabo nenhum pela experiência da sua fragilidade. Voltaremos a construir tudo aquilo que a guerra destruiu, talvez em terreno mais firme, e com maior perenidade.

Seu,

S. F.

* * *

Quando a guerra acabou, *Snoopy* parou de voar, e virou um alcoólatra irrecuperável. Ganhou várias medalhas, que usou para pagar dívidas nos bares. Personagem folclórico, ele seria, anos mais tarde, inspiração de James Joyce na redação do *Finnegans wake,* e de Charles M. Schultz, para mascote da turma de Charlie Brown.

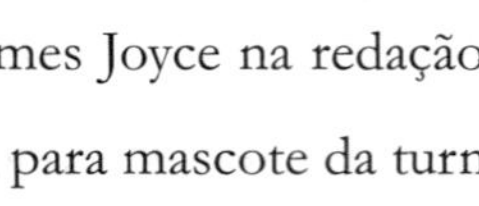

Enriqueça seu vocabulário

N*óis sofre mas nóis goza...* Caro leitor, se você acha que o autor desta sentença é francês, com certeza andou lendo muito Lacan ultimamente. Se, pelo contrário, junto com José Simão da *Folha de S. Paulo* e vários milhões de nordestinos, você entende que gozar é curtir, sinto muito, não está errado, mas nunca será aprovado no "passe" e, portanto, jamais aceito no reino da Escola.

Pois é, a língua materna pode ser a alma do negócio, mas o equívoco é o pai de todos. No centenário do nascimento de Jacques Lacan, e mais de vinte anos do seu passamento, a balcanização do seu legado atinge, desde então e até hoje, pessoas, grupos, entidades, publicações e demais que tais, disseminados em ambos hemisférios, poucas vezes harmoniosos entre si, e sempre prestes a reivindicar uma filiação autêntica, seja ela simbólica, imaginária ou real. No entanto, e tirante as diversas tribos, haveria um patrimônio coletivo e inalterado, característico de todos e cada um daqueles que, pelos mais diversos motivos e apesar de todas as diferenças, aceitam o qualificativo de "lacanianos". Trata-se, **strictu senso**, do uso e abuso de um idioma que lhes é comum, que põe constantemente em jogo as palavras consagradas pelo ensino magistral e fundador.

Seguindo a asseveração do próprio Lacan, "...para constatar a consistência de uma teoria, tem de se aplicar à mesma os supostos nos quais se baseia"; então, uma escuta analítica de como os lacanianos falam, das peculiaridades do seu estilo dissente e dos vocábulos sempre presentes nos seus discursos inclina, pela via descritiva, ao endosso, no Brasil, de um neologismo que designa esta classe ímpar de glossolália: o *lacanês.* Isto é: aquém de qualquer trejeito identificatório com o mestre no mimetismo de sua performance, e para além da emulação da sua verborragia na transmissão da sua retórica, tornou-se conspícuo um repertório de significantes tradicionais. E, na constância desta ocorrência, foi decantando e precipitando um jargão.

Segundo o historiador Peter Burke, estudioso do assunto, um jargão constitui "...um certo tipo de linguagem específica, usada exclusivamente por um determinado grupo social, com a finalidade de não só de comunicar, como de identificar reciprocamente seus consumidores, operação inclusiva que exclui -- ao mesmo tempo -- aqueles que não são participantes de igual código". Sempre existiram jargões, até em demasia, sobejamente espalhados pelo mundo afora. Via de regra, cada profissão tem o seu, assim como os agrupamentos com objetivos comunitários, reunindo um contingente de pessoas que bem se entende quando fala, porque todos dizem a mesma coisa, sabida e sacramentada nas modalidades familiarizadas das locuções usuais. Obviamente, isto seria críptico e ininteligível para quem não faz parte do conjunto, ou ignora o significado das palavras capitais, ou não consegue interpretá-las de forma correta. Ou seja, o resto da população e o comum dos mortais: o brasileiro médio, adulto, vacinado, pacato cidadão, temente de deus e ignorante das sutilezas do lacanismo.

Com o benemérito intuito de contribuir para a superação das desigualdades sociais e epistêmicas, eis aqui alguns esclarecimentos mínimos que tranqüilizaram as consciências confusas da contemporaneidade:

Gozo: Este termo, derivado do direito romano -- **jus uti et abuti** --, quer dizer usar até a exaustão, consumir, fora dos limites do sensato e do salutar. **La jouissance** seria a tradução sistemática, na teoria de Lacan, do que Freud postulava como "além do princípio do prazer". No vernáculo, entretanto, é quase impossível evitar as conotações de sexo explícito, onde *gozar* é sinônimo de *fruir*, ou até *esporrar*.

Fantasma: Nunca será demais explicar que não se trata de nenhuma assombração ou alma penada. Do francês **fantasme**, este conceito extrapola a noção freudiana de **phantasien** apontando ao circuito do desejo, inconsciente por estrutura e logicamente determinado. Graças a isto, no trabalho analítico poderá ser construído e, com sorte, atravessado, dando conta do final do tratamento.

Sujeito: Talvez o substantivo mais propenso ao mal-entendido, conseqüência da sua pertinência simultânea a outros discursos, por exemplo, o filosófico, o jurídico, o gramatical, etcétera. No psicanalítico, e a despeito de todos os anteriores, não designa concretamente substância alguma, nem identifica ninguém. Por isso mesmo, seria um erro crasso confundir o sujeito com uma pessoa, pois, antes de mais nada, seria um efeito ou, dito de outro modo, o resultado do inconsciente em ação. Parece engraçado, embora trágico, quando esta categoria é assimilada à de fulano, vulgo *elemento*.

Demanda: Esta é uma palavra que teve um destino imprevisível. No escopo dos *Escritos*, marca a distinção a ser feita entre o desejo e a necessidade, na alienação do **infans** na linguagem. Idéia precisa no início, capaz de incrementar tanto a psicanálise freudiana quanto a kleiniana, foi aos poucos se popularizando, e não é raro ouvi-la incorporada em certa medida na fala coloquial, sem nenhuma pretensão científica, porém designando com exatidão um pedido insistente, típico de seres dependentes e/ou infantis.

Nome-do-pai: Alguma vez Lacan disse que a única religião verdadeira era o catolicismo, e Elisabeth Roudinesco, na sua biografia, acrescenta detalhes familiares que teriam contribuído para forjar este pivô ideológico. Outrossim, seria possível argumentar que tal articulação invoca apenas um parâmetro clínico, inicialmente extraído da experiência com a psicose. Contudo, fica difícil abstrair todos seus ecos eclesiásticos, ainda mais quando os registros de Real-Simbólico-Imaginário parecem reproduzir a Trindade. Misteriosos são os caminhos de Lacan, e sua laica teologia!

Falo: *Fá-lo-ei,* teria dito Jânio Quadros, se lacaniano fosse. Mesmo assim, eu falo, pois não, e ainda digo, pelo menos, vez ou outra. Enquanto isso, Aurelião, o manda-chuva da lingüística nacional, nos oferece um pênis no verbete. Ai, ai, ai. Falo por que kilo, mil gramas de significação por significante mestre, quem sou eu quando falo de mim, usuário da língua, falante falado, incauto que sempre erra?

Comercialmente correto

De noite, ninguém sabe a verdade do *Rolex*, embora o ladrão nunca se equivoque.

As bolsas *Vuiton*, feitas em Paris, contrafeitas no Paraguai.

O terno *Armani*, da José Paulino.

Os óculos *Ray-ban*, cortesia do camelô.

Tênis *Nike*, autênticos ou falsos, fabricados por proletários mirim.

Canetas *Mont-Blanc*, esporrando tinta e vacinando contratos de gaveta.

A *chemise Lacoste*, com um jacaré no lugar do coração.

De *Paloma Picasso*, a pomba gira do **jet set**,
até *Dolce & Bagana*,
os cangaceiros do **free shop**.

Fiorucci, *Versace*, *Benetton*: todos **al paredón**!

As gravatas *Hêrmes*, para usar nos crimes de colarinho branco.

Batatinhas *Pringles*, higiênicas e transgênicas.

Frangelico sob suspeita, excomungado pelo Ministério da Saúde.

Sansonite, mala sem alça,
Godiva, chocolates nus,
Gitanes, fumo e flamenco,
Tabasco artificial.
Por 30 **DVD**s leiloaram um mestre, e foi um negócio e tanto.
Enquanto isso, pipocas sintéticas,
explodindo micro-ondas e lobos cerebrais,
deixam *Paul Newman* rindo a toa.
E a *Pizza Hut*, que já virou palhoça, choupana e maloca.
Para não falar do *Mc King Tosh*, o lanche **rastafari**
informatizado.
Eukanuba, empresa líder, aposta no amor canino
entre cachorros e humanóides.
Ninguém mais duvida da boa fé do *Toblerone*, confiável como
um banco suíço.

SERIAL KILLER

Bob Dylan disse: *Os que nascem para viver, vivem, e os que nascem para morrer, morrem.*

Truísmo ou poesia? Sabedoria, profecia?

Nada é eterno, e um dia a vida termina para todos. Temos duas possibilidades: a morte *morrida,* e a morte *matada.*

No primeiro caso, a velhice, as doenças, os acidentes, o destino.

No segundo, um humano qualquer acaba com a existência de um semelhante. Pelos mais diversos motivos, intencionais ou aleatórios, justos ou injustos, alguém não viverá mais porque um outro assim o quis. Isto pode acontecer no varejo, e também no atacado, a sangue frio, ou no calor da luta.

A humanidade pode ser dividida, **grosso modo**, em dois grandes grupos: os que matam, e os que morrem. Os homicidas e suas vítimas. Estas duas categorias se combinam e alternam de inúmeros jeitos, incluindo o suicídio, a síntese.

Tem muitas pessoas que nunca fariam mal para ninguém, preferindo morrer, se preciso for, mas nunca eliminar um próximo.

Mas, outras tantas, sim.

* * *

Serial killer. Nos últimos anos, a denominação tornou-se freqüente em jornais, revistas, livros e filmes. Poderia ser traduzida como "matador em série", apesar da insistência na grafia em inglês. O que isto quer dizer?

Em primeiro lugar, na versão literal, chama-se assim a alguém que tenha matado não uma, senão várias pessoas. O número de vítimas justifica uma perspectiva plural, ao passo que a "seriação" indica uma certa constância nos procedimentos, meios e fins dos homicídios.

Por outro lado, como se fosse uma verdade trivial, a manutenção dos termos na língua original parece circunscrever o fenômeno aos países onde ela é falada. Assim, as manchetes informam sobre os crimes da "casa de horrores" na Inglaterra, e antes, sobre o canibal de Milwaukee, nos Estados Unidos, confirmando um contexto específico para este tipo de conduta.

No entanto, o "açougueiro" russo executado em 1994 atesta que talvez inexista qualquer exclusividade, seja lingüística ou geográfica. E, como já foi dito, no tocante a eliminação física dos cidadãos, ainda que a quantidade mude a qualidade da ação, a forma e a finalidade fazem a diferença.

Acrescente-se mais um fato, este sim cultural, na consideração do assunto. O **serial killer** acabou virando um personagem de ficção, um produto quase mítico da época pós-moderna, um ícone fascinante para o imaginário coletivo. O que se comprova pelo sucesso de *O silêncio dos inocentes, Kalifornia, Harry, Aconteceu perto de sua casa, ou Mamãe é de morte* (***Serial Mom***), para citar apenas alguns exemplos do século passado. O tema central de quase todos estes filmes se afasta do registro do concreto, misturando fantasias e verossimilhanças em proporções distintas. De forma espontânea, algo semelhante se passa com o saber científico a respeito.

Com efeito, acredita-se que eles fariam parte de uma categoria especial de pessoas, com várias características afins. Tal classificação compreenderia todos aqueles sujeitos que, apresentando comportamentos típicos, também teriam interesses e objetivos similares. Isto leva a pensar em algum padrão de perfil psicológico, a ser deduzido dos dados compilados nos casos conhecidos.

No entanto, esta suposição pode levar a um erro epistemológico que deveria ser evitado. Do ponto de vista da psicanálise, não resulta impossível enxergar um amplo leque de elementos estereotipados em alguns criminosos, mas sempre tomando cuidado para não negligenciar a singularidade de cada história e de cada personalidade. Afinal, a série em pauta é a dos óbitos. Os assassinos, em princípio, são apenas idênticos a si mesmos, e não adiantaria procurar homogeneidade entre eles, pois eventualmente poderia haver pelo menos um "fora de série".

Será que todos sentem, gozam e sofrem de maneira igual? Como encontrar um denominador comum para as variações subjetivas do impulso homicida, prescindindo da intencionalidade dos executores? A realização sinistra do desejo é o marco a partir do qual não há volta atrás. Pouco importa, de início, a motivação. Só à medida que se chega às vias de fato se percebe a dimensão de exterioridade dos parâmetros da realidade.

Na borda da psicose, e na beirada da perversão, a passagem ao ato letal atacadista o coloca ao arrepio da lei, das convenções sociais e da condição humana. Agiria, tanto faz, por estimulação irresistível ou por um cálculo insensível, na satisfação das tendências mais sórdidas. A falta de restrições psíquicas capazes de inibir os extravios pulsionais sumariza, depois de um primeiro, a iminência de um seguinte, e daí em diante, até a enésima vez. Porém, para isso se transformar numa seqüência, é necessária uma impunidade que permita não arcar com as conseqüências das atrocidades, uma sorte intrínseca que supere o risco efetivo de cada oportunidade consumada.

A repetição, entretanto, parece ser a mola mestra da questão, pelo viés da reiteração de uma sensação inefável, decorrente do poder de vida ou morte em relação ao próximo, ou na vertente da compulsão, independente de decisões e propósitos conscientes. Algumas reações automáticas seriam os traços usuais, junto com os pormenores ritualísticos. No final das contas, o **serial killer** faz da sua sina um projeto, um estilo de viver que recompensa o esforço desmedido com um gozo mórbido, em detrimento da vida alheia.

Em muitas ocasiões, o sexo se encontra na base, mas também no ponto de chegada da performance fatal. Seja como for, as causas das aberrações não se explicitam pela vontade do psicopata, e muito menos pelas características das suas presas. Amiúde, uns e outras nem teriam conhecimento prévio, e esta falta de relação prévia torna mais complicados, e às vezes insolúveis, os crimes onde quem morre é tão-só um instrumento anônimo da fruição de quem mata.

Em numerosas situações descritas, o algoz nada sabia de sua vítima, com freqüência achada ao acaso, pouco antes do momento crucial -- e este contato derradeiro seria suficiente para selar o destino do mais fraco. Em outras, de vez em quando, a polícia consegue encontrar alguma ligação, investigando o passado de quem teve o azar de se defrontar com um desses monstros.

Ainda, haveria de se incluir uma condição fetichista, corriqueiramente presente na série de pessoas lesadas pela pulsão de morte do criminoso. Pode ser encontrada naquilo que determinou a escolha de cada um deles, como se fosse um capricho eletivo, na exigência daquele detalhe que destaca um único de um monte indiscriminado. Então, é de praxe que alguns restos sejam conservados, na obsessão da posse dos corpos, para garantir o controle absoluto da materialidade do outro.

A seriedade do assassino é o recorde dos seus feitos, a horrível banalidade do mal que não se contenta no varejo. Por último, e nada mais que para aludir a um aspecto correlato, valeria a pena lembrar a curiosidade que o **serial killer** desperta na população, tanto naqueles que poderiam emulá-lo como modelo, quanto no rebanho silencioso dos inocentes, alvos em potencial.

Spam - É para engolir ou é para cuspir?

Com alarmante freqüência, alguns funcionários deixam de vestir a camiseta corporativa, e partem para o *contapropismo*. Destarte, *Jason Smathers*, usando o nome de um colega, apropriou-se da lista de nomes, senhas, e cadastros de 92 milhões de clientes da **AOL** (América Online) dos Estados Unidos. (*Folha de S. Paulo*, 25-6-2004).

O corretor *Sean Dunaway*, por sua vez, empatou um bom punhado de dólares pela informação, para obter suculentos e truculentos lucros com a venda da dita cuja para escusos interesses.

Meses depois, o longo braço de uma nova lei federal pegou os empreendedores num flagra informatizado. Poderão ficar presos por cinco anos, além de uma pesada multa.

Tarde demais.

Os principais emissores massivos de **spam** se serviram do banco de dados. Quaquilhões de endereços eletrônicos receberam, recebem e receberão infinitas propostas que não foram demandadas. As ofertas abrangem estes três itens:

1. *Aumente sua pemba!*

(Em princípio, direcionada ao público masculino, homo e hetero.)

2. *Aposte!*

(Cassinos digitais para todos os cartões de crédito.)

3. *Emagreça!*

(Pelo tipo de apelo, tendo como alvo preferencial as mulheres.)

As promessas de sedução das mídias eletrônicas funcionam como novos mandamentos.

A Internet, de forma instantânea, interroga o internauta sobre suas vontades mais caras: Você quer maximizar, jogar, estilizar? Estas perguntas inquietam o narcisismo, e podem ser respondidas apertando uma tecla.

O consentimento ao desejo do Outro custa dinheiro. Pílulas, extensores, vitaminas, cirurgias, jogatina, etc e tal. Os resultados podem ser improváveis, mas a única certeza que se tem é o pagamento adiantado.

Grandíssimos empreendimentos virtuais, ganância sideral. Ninguém precisa sair de casa, se quiser pagar para ver. De fato, quem paga é porque viu e acreditou. E aquilo que foi mostrado na tela com a garantia de ser possível e acessível, se instala como um vírus na imaginação, alienando.

Os milagres que o capitalismo globalizado põe na rede pegam cardumes de consumidores esperançados, que darão seus dízimos para comprar os produtos anunciados, e assim manter a fé nas satisfações futuras. Como sempre, o mercado se serve do inconsciente.

As fantasias individuais de otimizar a auto-estima peniana, ganhar muito dinheiro numa bolada, ou ter um corpo perfeito e aerodinâmico, são formatadas e vendidas no atacado.

Entretanto e enquanto isso, na vida real, cada um goza no varejo.

O PRESIDENTE AMERICANO

Sigmund Freud nunca precisou de parcerias, embora tenha escrito, na década de trinta, um livro a quatro mãos com o embaixador norte-americano em Berlim, William C. Bullit. O assunto foi sugerido por este último: um estudo psicológico de Thomas Woodrow Wilson, presidente dos Estados Unidos um par de décadas antes. O texto não consta nas Obras Completas, e só foi publicado em 1967, e no Brasil em 1984. Algumas das questões então apontadas parecem apropriadas, **mutatis mutandis**, para qualquer primeiro mandatário ianque.

* * *

Manifesto (*Wilson falou*):	**Latente *(Freud disse)*:**
1) *Deus determinou que eu fosse o próximo presidente dos Estados Unidos. Nenhum mortal poderia tê-lo impedido.*	***1)*** *Não sei como evitar a conclusão de que alguém capaz de tomar as ilusões da religião tão literalmente, e que é tão seguro de sua intimidade pessoal com o Todo-Poderoso, seja inadequado para relacionar-se com s filhos comuns dos homens.*
2) *Acho que... a eleição para presidente me fez muito bem. Organizou-me um futuro, e deu-me uma sensação de posição e tarefas definidas, tangíveis, que tiram a agitação e os "faniquitos" do meu espírito.*	***2)*** *O ego é o resultado do esforço de conciliar esses conflitos: conflitos entre desejos divergentes da libido; entre a libido e as exigências de superego; e com os fatos do mundo real da vida humana.*
3) *Muitas coisas terríveis surgirão desta guerra, senhores, mas também algumas muito belas. O Mal será derrotado, e o resto do mundo ficará mais consciente do que nunca da majestade do Bem.*	***3)*** *O recalcamento é derrubado, sua hostilidade contra o pai explode e se lança ou contra ele ou contra algum substituto, alguém que de algum modo seja parecido com ele, e possa ser usado como representante paterno.*

4) *Não há nada que eu respeite tanto quanto um fato.*

4 *(...) até a sua morte, houve na mente do presidente dois conjuntos de fatos completamente diferentes, no que dizia respeito à guerra e à paz: os fatos reais, recalcados na medida do possível, e os fatos inventados pelo seu desejo.*

100

A POLÍTICA DO BIG DICK

a) A dignidade humana é uma formação reativa.

b) Estreitar alianças empolga a psicologia das massas.

c) Um ego forte dissuade conflitos regionais. Se não, um superego severo lava mais branco.

d) Todos os inimigos são candidatos à pulsão de morte.

e) A economia global deveria ser libidinal.

f) Para além do princípio do prazer, a democracia dá azia.

g) Lutaremos para transformar a segurança americana no futuro de uma ilusão.

h) Não adianta: o mal-estar na cultura é o sal da terra.

* * *

WORST WE WERE IN THE WAR

Frente:

I. Nunca haverá vítimas nem pesar universal. Portanto, que cada cultura elabore a dor dos seus seres sacrificados.

II. Na dialética entre ricos e pobres, imperialismo e povos oprimidos, Ocidente e Oriente, Norte e Sul, quem não é **winner** é **looser**.

III. A barbárie não é um elemento exterior à civilização, nem vice-versa.

IV. As guerras vindouras não colocarão em questão o capitalismo, senão o modo de habitá-lo.

Verso:

I. A guerra é um bom negócio –invista seu filho.

II. Marx dixit: a guerra é a parteira da História com agá maiúsculo. Para ser homem com agá, tem de ser másculo e maiúsculo. Vamos à luta!

III. "Paz e amor" é um slogan que só serve para ganhar eleição. O poder, como sempre, vem do fuzil.

IV. Moral hegeliana do final da história: conosco ninguém fodosco.

LEITURA IMPRÓPRIA PARA MENORES

Lambe-lambe

Chegado numa idade respeitável, os favores do outro sexo começaram a rarear. Foi iminente tomar uma atitude, e achou por bem diversificar os agrados às damas. Então, elaborou uma complexa estratégia de marketing pessoa a pessoa.

Precisava de um par de garotas-propaganda, e a primeira que deu sopa foi Alessandra. Num fim de tarde, depois de um **happy hour** copioso, ela ficou tão bêbada que nem podia voltar para casa sozinha. Prontificou-se para uma carona, e ela se deixou levar, embriagada. No apartamento, foi direto para a cama, onde se esparramou obsequiosa. Então, tirou sua calça, para fezer sexo oral com premeditação e aleivosia. Após, ela ficou ronronando, e ele foi embora. Uma semana depois, reencontrados numa festa, ela ficou vermelha, mas não tocou no assunto.

A segunda foi a sua melhor amiga, Claire, na lábia e na cara dura. Topou dentro do elevador, na saída daquela festa. Parando entre dois andares, levantou a saia, e ele a fez gozar várias vezes. Na despedida, um beijo molhado. Antes, de caso pensado, contou para ela como tinha sido com Alessa.

Batatolina, tiro e queda, bingo. Como imaginara, as duas trocaram confidências, e ficaram encafifadas com seu proceder. Ligaram, e o chamaram de cafajeste.

Com diplomacia, argumentou que, agora, seu esporte favorito era o cunilingus, e que podiam avisar amizades e colegas que havia um cavalheiro disposto a lambê-las, sem exigir penetração em troca. A reação imediata foi de indignação, mas, no médio prazo, comprovou que tinham feito circular a boa nova.

Aos poucos, e das maneiras mais variadas, abertas ou sutis, ele acabou chupando uma dúzia de senhoritas, senhoras, e até uma viúva. Todas ficaram muito gratas, e algumas quiseram retribuir, mas nunca topou. Bem, apenas uma vez. Uma gordinha assanhada não se conteve, e lhe aplicou a lei do talião, tirando leite de pedra.

Bons tempos de amador. A procura foi aumentando, e mulheres desconhecidas pediam atendimentos personalizados. Foi então que decidiu virar profissional, um orador mudo e discreto, porém, bom de língua.

Feita a cama, deitou na fama. Seus honorários eram razoáveis, e compensavam o custo-benefício. Só uma vez recusou um serviço. Quando a dona tirou a calcinha, deu para notar uma fileira dupla de dentes, cobertos pelos lábios maiores. Agradeceu, declinou, cumprimentou, pirulitou-se.

Em outra ocasião, caprichou demais, e a jovem em questão começou a subir pelas paredes. Queria porque queria um caraglio dentro dela. Tentou explicar os limites éticos de sua especialidade. Tudo em vão. Cedeu, e virou multifuncional.

SEMBLANTE: MODO DE USAR

Oscar Cesarotto & Mario Pujó

Na sociedade do espetáculo, o rosto diz tudo sobre o seu portador. Para poder encarar os outros, cada vez mais pessoas no mundo se submetem à aplicação de uma toxina para alisar as rugas e desmentir o passar do tempo. A tecnologia, moderada, recicla veneno, e restaura o narcisismo.

A bactéria **Clostridium botulinium** pode se disseminar com velocidade epidérmica. Seu uso é democrático nas democracias representativas, e os políticos, seus principais fregueses, todos sorridentes nas mídias visuais. As mulheres esticam as feições, ficando todas parecidas, e os homens se metrossexualizam, ao preço de perder as marcas da história vivida. Com o maior descaro, uma nova juventude. A testa altiva, numa frente ampla e popular, para desanuviar o porvir da nação e o bem-estar cívico dos cidadãos. Franqueza e determinação, viso salutar e cara de pau.

Porém, as aparências não enganam. Retocada a fachada, para além de partidos e programas, não há diferença de posturas, pois são todos caraduras.

O botox espelha a alienação, ao mesmo tempo cultural, política, e pessoal. A ideologia perdeu-se no tempo, e o próprio tempo se perde no tempo.

* * *

O presidente Luis Ignácio "Lula" da Silva conseguiu ganhar a reeleição, fato celebrado como um notável recorde de previsibilidade político-institucional. Nenhum imponderável, nenhuma surpresa, nenhum imprevisto, mas, infelizmente, nenhuma expectativa, no horizonte imediato, para a imensa massa de excluídos e de marginados.

Teria sido pela necessidade de uma verdadeira gesta educativa para erradicar o semi-analfabetismo generalizado que se orientou a discussão eleitoral? Pelo debate sobre a distribuição da riqueza nessa potência, que alguns economistas chamam de *Belíndia*, por competir em índices de desenvolvimento semelhantes aos de Bélgica, mas na distribuição das riquezas, ser semelhante à Índia? Pelas polêmicas sobre os recentes contratos de privatização da extensíssima bacia da Amazônia, que poderia pôr em risco a oxigenação do subcontinente? Ponderou-se a imprescindível preservação do meio ambiente perante a iminência do efeito estufa e o aquecimento global? Teriam sido escolhidas diferentes propostas de desenvolvimento industrial? Diferentes alternativas de incentivos agrícolas e repartição de terras? Diversas configurações de integração para a criação de uma grande federação latino-americana? Foi pactuada uma política exterior regional, perante o conflito que eufemisticamente se denomina de *guerra entre civilizações*? Teria havido um levantamento dos meios disponíveis para alcançar as metas propostas, e cumprir a última grande promessa eleitoreira convocada sob o lema de *fome zero*? Enfim, a enumeração seria interminável e frustrante, à medida que nada disso foi levado em consideração.

Como o leitor bem pode imaginar, dava para prever as respostas, e adivinhar o resultado da eleição. Perante a falta de algum tipo de suspense, em razão das estatísticas que mostravam o presidente na liderança da corrida, os jornais e as revistas de todo o país concentraram-se numa incrível e supérflua discussão sobre o aspecto físico dos candidatos. A revista *Veja*, por exemplo, apresentou uma matéria intitulada: "Lula aderiu ao partido do Botox".

Em 1980, na fundação do Partido dos Trabalhadores, Lula transmitia a imagem de um viril operário metalúrgico. Apesar das sucessivas derrotas eleitorais, sua estampa não foi marcada pelos traços do fracasso; pelo contrário, magicamente, foi remoçando com o passar dos anos. Por isso, em 1989 abandonou o macacão de operário para adotar um urbano terno de pequeno burguês. No entanto, a simpática figura de sindicalista-caubói não deu certo perante a refinada silhueta de Collor de Mello, que o derrotou aristocraticamente sem precisar nem despentear. Aprendida a lição, em 2002, os ternos de *Armani Collezioni*, as gravatas de seda, e os dentes embranquecidos permitiram, segundo os assessores, o êxito eleitoral.

Por isso, no confronto nas urnas de 2006, foi preparado com muito cuidado o visual do novamente candidato com vários meses de antecedência. Após ter emagrecido oito quilos e ajustado os ternos, Lula recebeu da sua esposa a recomendação de usar o botox para camuflar os vincos. Foi com essa missão que a Dra. Steiner viajou três vezes da sua clínica de São Paulo até o Planalto, para restaurar a louçania da sua testa e o contorno dos olhos, conseguindo disfarçar assim o cenho carrancudo que evidenciava o estresse que padecia. Assim ficaram preenchidos os poros, e aparadas as imperfeições das maçãs do rosto. E o ácido retinóico de um **peeling** também conseguiu levar embora as manchas da face, resultado dos maus-tratos cutâneos oriundos da época de torneiro exposto ao sol.

O **lay-out** que hoje esgrime Sua Excelência pouco tem a ver com o heróico engraxate, entregador de lavanderia, estivador, operário metalúrgico, e líder sindical que empolgou as massas querendo disputar o poder. De tanto pretender recuperar seu aspecto juvenil, de tanto querer voltar a parecer o que foi, o reeleito presidente Lula, receptor indiscutível da esperança de milhões de marginalizados, acabou se igualando, cada vez mais, com a estirpe gerencial de administradores que não mais se propõem mudar o mundo, mas, quando muito, maquiar a sua imagem, aplicando uma política apropriadamente qualificada de "cosmética".

Em 1938, no texto *A época da imagem do mundo*, Martin Heidegger vislumbrava o devir do mundo como imagem, advertindo que na Modernidade inaugurada pelo cogito cartesiano, nessa

Modernidade enteificante na qual tudo vem à tona, já nunca teríamos uma imagem do mundo, porque o mundo, em si mesmo, teria se convertido em imagem. Inexistiria o mundo porque, simplesmente, tão-só haveria imagem. Como conseqüência, o pensamento tornar-se-ia estatística, cálculo, representação, ou seja, tudo seria tomado pelo intercâmbio da informação, e a política seria construída, de modo inevitável, apenas sobre o visível.

Para sair bem na foto e melhor na fita, o imaginário prescinde do simbólico, faltando à palavra. Uma boa presença vale mais que muitos discursos? Quando o carisma depende de uma peçonha, quem vê cara jamais verá coração.

ROCK'N'ROLL LACANIANO

Havia um antes, houve um depois:
sutilmente dividindo
– o corte do inconsciente –
ferida narcísica que é fenda no ser
– excêntrico sujeito.

Há o sintoma
– sofrimento do sexual, letra na carne –
superando olhares clínicos
no exato desafio
de uma escuta muito além:
do sensato
do sensível
do sentido.

E teve resistências,
– desvios, discurso amordaçado –

e o retorno radical de uma verdade

que já não voltará a ser silenciada.

Os sonhos nunca mais serão os mesmos

...depois de Freud.

Ciúme

Ciúmes, celos, gelosia, jealousy, jalousie etc. Um estado afetivo tão usual que a qualquer um diria respeito. Universal, porque presente em quase todas as línguas?

Para saber do que se trata, basta ouvir um tango, um bolero, ou alguma música romântica e trágica, o fino da fossa. Para ilustrar o sentimento, Shakespeare evocaria a figura de Otelo; Freud, o presidente Schreber; Lacan citaria Santo Agostinho; e John Lennon se definiria como um **jealous guy.**

Podemos ir direto ao âmago da questão. Ao longo da vida, em maior ou menor grau, variando notavelmente para cada um em termos de teor e oportunidade, o ciúme costuma reativar as cicatrizes anímicas que a inconstância do desejo do Outro provocara já na infância. Para o neurótico Édipo, para a versátil Electra, para o bíblico Caim, ou para o atormentado Hamlet, os triângulos nunca foram eqüiláteros.

Em primeiro lugar, pode ser que a mãe não se devotasse ao seu filho tanto quanto este gostaria, fato que também acontece na vertente paterna. E se, ainda por cima, algum outro irmão fosse o preferido, haveria amargas conseqüências para o preterido.

Enfim, no epicentro do ciúme encontra-se sempre alguém magoado, na posição de excluído. Enquanto são dois os que partilham um conluio libidinal, verdadeiro ou imaginado, há um a mais, sobrando e observando, sem curtir a situação. Quem fica de fora sofre, por não ser indiferente à cumplicidade alheia.

Perante o objeto erótico dado por perdido, o sujeito é ferido no seu narcisismo. E, para além de manifestar sua hostilidade para com o rival avantajado, ainda deve arcar com a crítica do superego, responsabilizando-o pelo fracasso.

Por isso, todas as ciumeiras corriqueiras, favorecidas por suspeitas atuais ou decorrentes de acontecimentos reais, teriam profundas raízes no passado, incluindo precoces vivências infantis, e efeitos residuais da estrutura edipiana e do complexo fraterno.

Nada impede que as seqüelas sejam experimentadas de um modo bissexual. No exemplo do homem, junto com o pesar pelo desamor da amada e do ódio contra o concorrente, a tristeza pela perda do homem inconscientemente desejado gera rancor, direcionado à mulher. No caso feminino, também seria assim, com a ressalva freudiana de uma predisposição das mulheres para a intensificação automática do ciúme em qualquer relacionamento pessoal.

Um outro aspecto do assunto é constituído pelos ciúmes projetados. Eles nascem, tanto na mulher quanto no homem, das próprias infidelidades ou do impulso a realizá-las. A fidelidade, em especial no casamento, luta o tempo todo contra as tentações. Quem projeta as vontades transgressivas no cônjuge, justamente naquele a quem deveria lealdade, consegue, de maneira simultânea, se desvencilhar do ônus do desejo, e culpar a outra parte por não honrar o pacto de exclusividade.

Por último, e não por acaso, quando o ciúme chega às raias do delírio, evidencia a sua natureza, compatível com a paranóia. Para rechaçar a tendência homossexual inadmissível, porque recalcada, exagera-se na suspeita de traição.

Em definitivo, a patologia do ciúme, independente do tipo ou da intensidade, é intima de qualquer um, embora sua anormalidade nunca seja circunstancial. Em todos os casos, remete sempre a uma dor profunda, que pode ser na alma, no coração, ou no cotovelo.

GESTOS OBSCENOS

O presente artigo padece de todas as limitações do texto escrito perante o registro do visual. De propósito, carece de imagens, pois mesmo que algumas fotos fossem necessárias para mostrar do que se trata, nunca seria suficiente. Tampouco um vídeo, capaz de exibir performaticamente o conteúdo de uma palestra que, quando proferida, exigiu um esforço histriônico por parte do conferencista, para gáudio da platéia.

* * *

As palavras são sempre pouco confiáveis, propensas a mal entendidos, enquanto as aparências enganam, pois nem sempre o que se vê é do jeito que é... Apenas o real seria avalista da verdade?

A linguagem gestual que é própria da nossa espécie comporta as possibilidades dinâmicas e expressivas da corporeidade, nas modalizações culturais e históricas correspondentes. Movimentos somáticos para serem vistos pelo interlocutor, discursos completos num único volteio, mímicas que transmitem o que se pensa num instante, numa mudez que potencializa a eloqüência, tudo isso quando se pretende atingir o outro de maneira imediata.

Assim, muitas seriam as manifestações, na vida cotidiana, de como os significantes lingüísticos nem precisam ser proferidos, pois, enquanto a boca fica fechada, as mãos podem falar, os dedos são capazes de dizer, e o corpo inteiro, se exprime na poética do espaço, para não deixar dúvidas e dar o recado.

Uma classe particular de mensagens desse tipo é constituída pelos chamados *gestos obscenos*, aquelas atitudes que, embora condenadas pela moral e a boa educação, são freqüentes em quase todas as culturas e segmentos sociais, e que têm por finalidade fazer saber a quem se encontra na frente que o locutor, ali e agora, demonstra lhe desejar o pior. Por isso, e em grande medida, eles têm a ver com a agressividade, apenas em intenção, ou como prólogo das vias de fato. Mas há outras variedades, a serviço da sedução, ou até benfazejas.

Para ilustrar essas asseverações, é mister dar exemplos, situados no de- vido contexto. Eis aqui, escolhido *a dedo*, um caso assaz singular, muito interessante nos seus desdobramentos e variações. No Brasil contemporâneo, quando alguém quer extravasar consentimento, concordar, conceder ou reconhecer, é comum que mostre, de forma bem visível, o polegar ereto. Destarte, todos entendem que está tudo bem, de acordo, afirmativo. Esta expressão tem mais de um antecedente ilustre. Na Segunda Guerra Mundial, nos porta-aviões americanos, permitindo que os aviões decolassem, os operadores de bordo davam a ordem de partida, desde que tudo estivesse em ordem, fazendo o gesto, e os pilotos ficavam sabendo que poderiam voar sem problemas. Entretanto, fora daquele âmbito e circunstância, os ianques jamais se serviram de tal sinal no dia a dia em tempos de paz.

Muito antes, no Império Romano, aquele dedo em riste era a maneira como o Imperador determinava o resultado das lutas de gladiadores no **Coliseo**. A rigor, e contrariando o que hoje é lugar-comum, se apontasse para baixo, o vencedor – e sobrevivente do último combate –, podia sair da arena, e sua vida era poupada, pelo menos até outra oportunidade. No entanto, se apontasse para cima, o lutador devia arriscar novamente, sem que a vitória anterior lhe desse respiro. Graças aos filmes de Hollywood, e por uma inexplicável deturpação semiológica, na atualidade acredita-se que o seu verdadeiro sentido teria a forma invertida.

Enquanto isso, os americanos dizem que sim com dois dedos de uma mesma mão, o indicador e polegar, juntando as pontas e perfazendo um círculo. Assim, os dígitos, icônicos, escrevem uma letra no ar, ecoando o **okey**, seu correlato sonoro que, por sua vez, é grafado **O.K**.

Existem pelo menos duas explicações sobre a origem desta sigla. Na primeira, corresponderia às iniciais do nome de um fazendeiro do faroeste, que deste jeito marcava o gado do seu enorme rebanho, do jeito como seu abastado **ranch** era apelidado. Tudo indicando prosperidade e bonanza, o termo em questão seria prenhe de conotações positivas.

Numa outra versão, tratar-se-ia de uma peculiaridade do cenário bélico. As missões de avançada nem sempre retornavam com todos seus integrantes com vida. Assim, quando isso acontecia, nos relatórios era registrada uma anotação: ***0 killed.*** Traduzindo: zero baixas, ninguém foi morto, ***O.K.*** Abreviando, os dedos dariam o recado, simplificado o acima descrito.

Last but not least, há quem diga que a locução decorreria de uma corruptela da língua inglesa. Com efeito, **all correct,** querendo dizer que "tudo está certo", talvez tenha sido registrado foneticamente, ***ol korrect,*** e depois resumido.

Voltando à **Terra Brasilis**, e apesar da identificação imaginária com os primos do outro hemisfério, todo mundo eleva o polegar para assentir, e ninguém jamais ousaria fazer o círculo digital para tanto. Não falta motivo: por estas bandas, isso representa um insulto, uma ofensa, além de um desafio. Se por acaso um desavisado turista não souber seu significado em tupiniquim, poderia levar uma bolacha, ou algo pior.

A alusão aqui é ao calão, e à metade inferior do corpo. O gesto põe em ato o que, às vezes, também é dito por extenso, em altos brados: *Vá tomar no...!* A baixaria indicia uma prática secular da sexualidade humana, não por freqüente menos anatemizada.

Importa ressaltar algo mais que as diferenças socioantropológicas, destacando a evidência de como a linguagem corporal pode ser incerta, apesar de aparentemente prescindir de mediações simbólicas. A referência explícita nem sempre é garantia do sentido.

Continuando com o imaginário norte-americano, disseminado planetariamente graças a uma indústria cultural inescapável: é possível constatar como a gestualidade pode ser exportada, para ser assimilada por outras etnias. Até poucos anos atrás, apenas nos Estados Unidos exibir o dedo médio implicava no que foi descrito **ut supra.** No século XXI, aqui e em todos os países já é bem sabido que este apontamento propõe que aquele a quem é endereçado receba uma visita provavelmente indesejada no **sancta sanctorum** da sua intimidade. Sequer precisaria ser encenado, já que existe tradução verbal: ao se falar to **give the finger**, o resultado é o mesmo. Ao sul do Equador, fica pior, se for lembrado que a extremidade em questão é carinhosamente apelidada de *pai de todos.* Ainda por cima, no inconsciente nacional, a ofensa ganha uma coloração incestuosa...

Parece óbvio que o dedo em ereção remete ao falo, morfologicamente. O arredondamento antes citado também, por oposição. Seria a projeção, no interlocutor, da dialética com a castração. Corresponde à frase *vá se f...*, de forma tácita, e esta longe de ser um convite erótico. Em princípio, quem a vocifera, ou faz o gesto, está se postando ativamente, relegando o antagonista à passividade e ao escárnio.

Com idêntico critério, não deveria ser esquecida uma articulação freu- diana. O artigo *Cabeça de Medusa* é centrado no poder apotropáico (de **apotrópeos**, epíteto que os gregos davam às divindades por eles invocadas quando temiam alguma desgraça ou acidente nefasto) de exibir os genitais com o propósito de amedrontar o oponente. Aquilo que desassossega o sujeito, também seria ameaçador para o inimigo que se quer afugentar. Esta é uma explicação plausível para a gesticulação que era a marca registrada das feministas italianas nos anos 70: juntando as duas mãos, encostando os polegares e mindinhos, e deixando um vazio no meio, apresentavam a vulva a céu aberto, não para incitar a libido, e sim para afrontar o machismo.

O **folklore** que atribui aos italianos a característica de falar espalhafatosamente não carece de fundamento. Na Sicília, é costume, quando um citadino cruza com um padre na rua, colocar a mão ostensivamente entre as pernas, e segurar a genitália. No mínimo, duas motivações estariam em jogo: por um lado, não se descarta uma atitude anticlerical. Por outro, funciona como um resseguro de que aquilo está ali, preservado e a salvo. O religioso, que teria feito da castidade um voto, dedicado a apregoar a abstinência e a renúncia à carne, é visto como um ser cortado da vida e dos prazeres, em fim, um ***castrato***. Contra ele, o falo, qual talismã idolatrado por baixo do pano, resistindo à extinção dos gozos pagãos.

Outro exemplo da península: o braço erguido, os dedos do meio para dentro, contidos pelo polegar, com o indicador e o mindinho em destaque. Protegia-se do **Diavolo**, mostrando para ele os chifres, numa clara metonímia contrafóbica. Mas também, quando apontados para algum cidadão, servia como vitupério, sugerindo ou confirmando que sua esposa não lhe era fiel. ***Cornuto***, então, enganado, pouco homem, emasculado.

Entretanto, na época moderna, quando um jovem faz o mesmo, ainda mais se for cabeludo e estiver trajado de preto, talvez não tenha nada a ver com tudo isto, somente um fã de **heavy metal**...

Dentre os inúmeros expoentes da polissemia, a popular figa, de escancarado conteúdo sexual (não por acaso se diz filho de uma figa), representada pelo punho fechado com um dedinho pertinaz, no primeiro mundo é interpretada como um anúncio de ***fist fucking*** pelos seus praticantes. Versão brasileira, *dar uma banana*, gesto provocador que, em definitivo, é inspirado na idéia de um trabalho braçal contra-natura, apesar da maciez da fruta aludida.

O assunto é amplo demais, e urge concluir. Os arroubos das linguagens não verbais podem ser pensados segundo a lógica dos três registros. No imaginário, encontram-se o visível, o corpo e o engano. No simbólico, o significante polivalente, e suas conseqüências sempre equívocas. No real, dimensão da *coisa-em-si*, inexistiriam erros de comunicação?

Para continuar pensando, vale a pena relatar uma anedota, mais ou menos do jeito como foi contada. Numa viagem pelo Oriente, dois ocidentais passeavam por um bairro de Tóquio, despreocupadamente, observando tudo com curiosidade. Passando na frente de um prédio, perceberam, através das vidraças coloridas do **hall**, que estavam ali reunidas muitas pessoas. Encostaram o rosto tentando enxergar, e foram vistos de dentro. A seguir, três japoneses saíram correndo, e os enfrentaram falando de maneira incompreensível. Ao uníssono, os orientais abriram suas braguilhas, colocando seus membros para fora. Os turistas, perante o insólito espetáculo, bateram em retirada, acreditando que aquilo era algum tipo de cantada homoerótica despudorada, à moda nipônica. Mais tarde, ao contar a experiência no hotel, eles ficaram sabendo que haviam sido testemunhas não intencionais de um encontro da **Yakuza**, a máfia local. Poderiam ter sido mortos, pois ninguém que não fizesse parte deveria estar ali. Os três que encararam, colocando suas virilidades à vista, nada queriam em termos de sacanagem. Muito pelo contrário, segundo suas tradições, esta era a forma mais extremada de desafio, onde a morte seria preferível à ignomínia, definindo o destino dos contendores.

Por estas e outras, sempre é bom tomar cuidado. Para o bom entendedor, um gesto único nunca satisfaz.

PONTOS A PONDERAR

FLASH

A epistemologia clássica de Bachelard estabelece a distinção entre *noções e conceitos.*

As primeiras correspondem ao senso comum por todos partilhado, às crenças e À **doxa.**

Os segundos são saberes decorrentes da comprovação da experiência, só depois formalizados.

Devem ser acrescentadas as *idéias*, que articulam também a imaginação no exercício das hipóteses, das ficções e das conjecturas.

No sentido amplo, uma *idéia* poderia ser:

-um construto teórico;

-uma convicção ou princípio condutor;

-um conceito essencial num campo de estudo;

-uma proposição ideológica;

-um pensamento abstrato;

-uma opinião influente;

-um ideal transcendente.

A ***heurística*** refere-se a um tipo de iluminação muito mais racional que mística, algo como um **insight** cientificista, cujos exemplos tradicionais seriam Arquimedes, eufórico por tomar banho, e Newton, sábio após a maçã.

Nos tempos modernos, o garoto-propaganda foi Edison, cuja lâmpada se acendeu quando inventou a dita cuja, consagrando para todo o sempre o ícone de uma boa sacada.

* * *

LIBERDADE & LUTA

Hegel foi aquele filósofo que só filosofava depois de ler o jornal, todas as manhãs. Na época, a maior parte das notícias sobre a escravidão vinham do Brasil, sua referência privilegiada em se tratando de amos e escravos.

Mais tarde, como é sabido, Marx botou Hegel de ponta-cabeça, e a luta de classes foi a grande batalha do século XX.

Freud nunca mencionou Hegel, embora seu pensamento fosse sempre dialético.

Depois, Lacan retomou a questão do reconhecimento na tópica do imaginário.

Antes, Sacher-Masoch já advertia: quem se deixa chicotear, merece ser chicoteado.

Talvez por isso, em El condor pasa, Paul Simon cantava:

...rather be a hammer than a nail...

(...melhor ser martelo do que prego...)

* * *

FAÇA VOCÊ MESMO

No *Almoço nu*, William Burroughs brincava seriamente quando escreveu que, do ponto de vista dos traficantes, os viciados capazes de metabolizar sua própria droga seriam "comercialmente desleais".

Portanto, parece um excelente negócio cada pessoa fabricar a endorfina que se precisa para ser feliz. Legal, em todos os sentidos do termo.

Pois bem, como diria Lacan, tudo o que não é proibido pode vir a ser obrigatório.

Na mídia, o discurso da ciência costuma virar propaganda. Informação não falta, e até sobra. O progresso do conhecimento, disponível no **deli- very** de saberes e mercadorias, induz comportamentos, condutas e hábitos.

O bem-estar da cultura.

Assim, muitos urbanóides ocidentais correm, malham, se alongam, fazendo ginástica, halteres, pilates, esteira, e muita besteira. Depois, se sentem bem. Por quê?

Teriam produzido a essencial substância cerebral na quantidade certa para ficarem melhor que antes? Poder-ser-ia.

Porém, cabe aqui uma hipótese freudiana: E se a sensação de satisfação decorresse apenas do fato de não ter de continuar com o masoquismo do esforço auto-imposto?

Chega por hoje. Ufa.

O prazer não aconteceria pela ausência do desprazer?

Perguntar ofende: aquele organismo vivo, esbaforido na bicicleta ergométrica, é um ser humano ou um **hamster**?

* * *

ANIMAL FARM

Primeiro foi a *Revolução dos bichos*, de George Orwell.

Depois, a *Fazenda modelo* de Chico Buarque de Hollanda.

Mais tarde, no disco *Animals*, de Pink Floyd, Roger Waters assentou as bases de uma sociologia besta. A sociedade era assim dividida:

- Os *porcos*, fruindo, se empanturrando, e agindo como tais.
- As *ovelhas*, fornecendo carne, lã, sangue, suor e lágrimas.
- Os *cães*, vigiando a propriedade privada, as ordens e os progressos.
- Os *porcos com asas*, aqueles poucos espécimes que conseguem abandonar o chiqueiro voando.

Ainda hoje, continua mais difícil que os camelos passem pelo olho de uma agulha, do que os suínos decolarem.

* * *

CELACANTO PROVOCA MAREMOTO

O conceito de *real*, articulado com os registros *imaginário e simbólico*, percorre a obra de Jacques Lacan, como um eixo nunca retilíneo nem uniforme. Ao longo do seu ensino, dedicando vários seminários ao assunto, a pluralidade dos exemplos foi bastante diversificada. E continua a ser aumentada, às vezes, com pesar.

A onda gigante que acabou com tantas vidas no sudeste asiático no final de 2004 foi mais uma prova daquilo que, quando se manifesta, por obra e desgraça, não é restrito a nenhum limite humano.

A descrição psicanalítica da noção de *trauma* pode ser usada de maneira singular, em se tratando do psiquismo de um sujeito em particular, ou coletivamente, quando são muitos os atingidos pela mesma fatalidade: *A emergência do impossível, repentina, urgente, e irredutível, extrapolando qualquer anteparo ou defesa.*

O *real* independe dos parâmetros culturais. Não adianta que o *simbólico* o nomeie (**tsunami**), e distintos saberes (oceanografia, geologia) esp- eculem sobre suas causas, tentando calcular seus efeitos por antecipação.

Como as placas tectônicas são inimagináveis, o fenômeno não faz sentido **a priori.**

Depois, perdas e danos.

Restos.

* * *

PARANÓIA CRÍTICA

O surrealismo foi o filho natural da psicanálise, embora o pai tenha feito de conta que não era com ele (na época, não existia o teste do DNA). O inconsciente, a matéria-prima, abastece tanto a clínica quanto a criação artística.

Primeiro na literatura e na pintura, para depois se disseminar pelo século XX, foi tomando conta da imaginação ocidental, a ponto de entrar coloquialmente na vida cotidiana, como adjetivo.

Em 1975, no frio inverno de Nova Iorque, Jacques Lacan e Salvador Dali esbarraram no hall do hotel onde se hospedavam. Depois de muitos anos sem se verem, os dois velhos ficaram contentes com o feliz acaso, registrado nas fotos da ocasião, e publicadas mais tarde na revista ***L'ane.***

No testemunho de um dos presentes, dando muitas gargalhadas, cada notável reivindicava para si o mérito de ter encontrado antes que o outro, na paranóia, o pivô do seu sistema intelectual e visão do mundo. Provavelmente, uma antiga brincadeira deles, mais uma ironia mútua do que uma disputa.

O episódio confirmava, quatro décadas depois, uma dívida recíproca. No começo dos anos de mil novecentos e trinta, o jovem médico e o excêntrico pintor partilharam um momento fecundo de interlocução, e uma simultânea suposição de saber. O saldo seria enriquecedor para ambos, cada um na sua.

Com uma tese de doutoramento sobre o assunto, Lacan transpôs os domínios da psiquiatria, enveredando para a psicanálise, onde faria escola. No início de sua prática, concebia o tratamento analítico como "uma paranóia dirigida" que, nos seus primeiros escritos, era apresentada como "a estrutura do conhecimento humano". Isto foi o fundamento de sua teoria.

Dali, por sua vez, continuou pintando e escrevendo, chamando a atenção do mundo com as ocorrências que sustentavam sua arte. Postulou a *atividade paranóico-crítica*, assim definindo seu proceder:

Método espontâneo de conhecimento irracional, baseado na associação crítica e interpretativa e dos fenômenos delirantes.

Lírios & delírios. Quando o inconsciente se manifesta a céu aberto na cultura, seus signos e sintomas demandam olhos e ouvidos atentos, leitura semiótica e escuta analítica. A *outra cena* subverte a lógica do sentido.

A paranóia é uma arte.

* * *

DESTARTE

Nós, humanos, só desejamos porque somos humanos. Não com o cérebro, nem com a alma, mas com o inconsciente. E tampouco a partir do nada, à medida que algo, seja lá o que for, desperta a nossa curiosidade, **mother of invention.**

A arte, por exemplo. Para que serve? Alguma outra utilidade, além do *frufru* da fruição frutífera que suas manifestações provocam? São estas as que fazem os seus autores, e não o contrário, produzindo na cultura o que antes não existia na natureza.

Como deuses no momento da criação, os operários da matéria, das formas e das falas moldam mundos com suas mãos, gestos e frases. Para tanto, o verbo se faz objeto direto, num gênesis novinho em folha (de parreira).

Adão & Eva foram os primeiros artistas performáticos. Naquela época, ainda não havia umbigo. Eles o trançaram, e foi uma verdadeira obra de arte, laica e terrena. Um nó, um laço social.

Muitos nós, todos **nóis.** Na amarração das experiências vitais, os afetos nos afetam, as palavras nos dizem respeito, as imagens nos seduzem, e nunca ficaremos indiferentes perante o desejo alheio.

Pois bem: arte é *isso.*

* * *

TEOLOGIA CAPITALISTA

O bezerro de ouro sempre exigiu grandes sacrifícios e investimentos pecuniários em prol de lucros profanos.

A pedra filosofal dos alquimistas medievais, aquela que transmutaria qualquer coisa no mais nobre dos metais, nunca veio à luz.

Na modernidade, o dinheiro ocupou o lugar de significante mestre inconteste. Seu poder de abstração é o dissolvente universal que anula a biodiversidade.

Na economia da libido, é o fundamento da equivalência simbólica entre o dinheiro e a merda.

Depois de uma alimentação variada, o processo digestivo transforma a pluralidade em unanimidade.

As fezes são, para o narcisismo, um presente divino.

Seria, segundo Norman Brown, a raiz pulsional do monoteísmo.

O valor da fé está escrito num papel nada higiênico, nas notas de 1 U$S:

In God we trust.

* * *

CENTÚRIAS

O século XX teve início na Exposição de Paris em 1889, com a Torre Eiffel.

O século XX foi sonhado por Julio Verne, e realizado por Thomas Alva Edison.

O século XIX acabou na Primeira Grande Guerra.

O século XXI começou com a queda das Torres.

O século XX é a nossa antiguidade clássica.

Kubrick – Director's Cut

Stanley Kubrick acreditava que a perfeição era possível, e cuidava cada um dos detalhes dos seus filmes com absoluto controle de qualidade. Até o momento da estréia, retocava e corrigia, no maior capricho, prestando especial atenção aos finais das fitas. Alguns exemplos:

Barry Lyndon, produção impecável, fotografia deslumbrante, atuações perfeitas, tudo a serviço de uma história de W. M. Tackeray, um dos baluartes ideológicos da loira Albion. O livro foi filmado de maneira magistral, e o roteiro enxuto tornou concisa uma extensa obra literária. Quando o filme acaba, depois de mostrar os infortúnios do personagem principal, um letreiro final informa que a saga teria se passado no século XVIII, representando as pessoas típicas de então, feios ou bonitos, ricos ou pobres, honestos ou aproveitadores. No entanto, consta uma frase definitiva, para além da alusão ao passado: *Hoje também é assim.*

Destarte, Kubrick, fazendo uso declarado da alegoria, adjudica um valor metafórico à sua obra. Filmando uma época anterior sob a ótica de um autor que tão bem a descrevera, na realidade, estava fazendo uma crítica do seu momento, ao propor uma identidade moral comum para ambas situações históricas.

O último elo da cadeia encerra a significação, dando ao realizador a responsabilidade pelo saldo ideativo da mensagem.

* * *

Spartacus, o original de *Gladiador*, tantos anos antes. Dura quase três horas, tempo suficiente para ilustrar um épico. Tratava-se do livro homônimo de Howard Fast. O script foi redigido por Dalton Trumbo, o notável autor de *Johnny foi à guerra*, perseguido durante anos pelo macartismo, acusado de ser comunista. E era estrelado por Kirk Douglas, de quem não se precisa falar muito. Um ator que sabia usar a espada, retornando ao mundo antigo, como antes em *Ulisses*.

O desenlace do romance decorre da batalha final, quando o exército dos rebeldes é derrotado, e a maioria morta. Muitos dos sobreviventes são crucificados, e outros, escravizados de novo. Centos de cadáveres cobrem o campo; entre eles, o de Espártaco. Nunca achado nem reconhecido, sua imagem persiste, como uma fantasia libertária, na memória dos oprimidos e, como um fantasma ameaçador, na imaginação dos vencedores.

No entanto, segundo o argumento filmado, Espártaco é preso, identificado **in extremis**, e crucificado. Antes de morrer, tem um desejo realizado: seu último olhar, definhando, lhe permite vislumbrar seu filho, que será um homem livre, e conhecerá a gesta do seu pai, contada pela mãe.

Kubrick resolve a cena, a derradeira do filme, da seguinte maneira: rumo à liberdade longe de Roma, Varínia, a ex-escrava, desce da carruagem, se aproxima da cruz e beija os pés do moribundo. Apresenta o filho e, cedendo aos apelos de quem a acompanha, aceita partir. A imagem final é uma panorâmica do caminho, eles indo embora, ladeados por longas fileiras de cruzes, o terrível castigo romano. Um horizonte aberto aguarda os viajantes, representando um futuro em aberto.

Fast era um escritor de esquerda, Trumbo tinha pertencido ao Partido Comunista, e o diretor não poderia ser considerado de direita. Juntos, perpetraram uma versão, ao mesmo tempo, materialista, histórica, dialética e evangélica de um mitema moderno de emancipação. Não por acaso, muitos séculos depois da revolta dos escravos, o *espartaquismo* seria, na Europa pós-revolução industrial, o nome de um movimento operário de idéias socialistas.

O cerne da questão é quem sucumbe na cruz. Neste caso, não foi o filho, senão o Pai, que morre para que aquele possa viver independente, e não esqueça. Nascido de uma mulher de todos, depois convertida em Mãe, esta criança é *o homem novo*, o Filho, que um dia saberá que não há dignidade na submissão, nem liberdade sem violência.

Metáforas de uma religião beligerante, num filme contemporâneo da Teologia da Libertação? Em *Spartacus* postula-se uma posição alternativa para o clássico e conturbado relacionamento entre o senhor e o escravo, entre o algoz e sua vítima. A escolha forçada costuma ser aquela que contrapõe a possibilidade de ficar vivo, porém acorrentado, a morrer de imediato, de forma mais ou menos cruenta.

Liberdade ou morte! Este grito tem ecoado em mais de um programa político, como se fosse um jogo absoluto de tudo ou nada. Entre viver de joelhos ou perecer nas mãos do mais forte, a terceira via consistiria em se insurgir e, se é para morrer, que seja como um liberto, com as armas em riste e a cabeça erguida.

Mesmo uma tentativa frustrada não acaba com o sonho de não ter dono, pois as gerações futuras continuarão a luta até o fim, ***hasta la victoria, siempre!*** Enquanto a esperança revolucionária carrega um desejo de redenção impossível, eis a boa nova: se a morte for inevitável, então, lute e goze! Entre viver prisioneiro ou ser supliciado, truco!

Como qualquer produção significante, o texto fílmico sela sua significação definitiva a partir do efeito retroativo de sua conclusão. O saldo ainda fica no vermelho, pois os romanos ganham a parada, e a mensagem cristã é a mesma de sempre: faça o que fizer, acabará na cruz. Bom proveito.

* * *

No entanto, seria injusto crucificar Kubrick. Num outro dos seus fil-mes, *Laranja mecânica*, baseado no romance de Anthony

Burguess, apesar de seguir um roteiro absolutamente fiel ao livro, se permitiu acrescentar uma cena. Depois de muitas estripulias, Alex, protótipo de sociopata de um tempo por vir, é pego pelo longo braço da lei, e submetido ao método Ludovico, de condicionamento coercitivo, para eliminar seus comportamentos anti-sociais de forma aversiva.

O tratamento é bem-sucedido no início, mas as contingências o tornam inoperante, e o sujeito em questão, perto do final do filme, se reencontra consigo próprio, voltando a ser igual como sempre foi, e imagina uma situação que parece tirada do Novo Testamento: Jesus, conduzido ao Calvário, cai repetidas vezes, e um centurião chicoteia suas costas. Alex, totalmente recuperado, se identifica com aquela figura poderosa. Na escolha entre ser prego ou ser martelo, prefere, sem duvidar, a segunda opção, desprezando o masoquismo.

Nesta ocasião, para contrariar, Kubrick tomou partido, firmando uma posição herética. Aleluia!

Bem-estar na cultura

João e Maria eram um casal de meia idade, convivendo há alguns anos numa harmonia provável, na medida do possível. Os dois, bem-sucedidos em termos profissionais, saudáveis, pacíficos, depois de várias terapias.

A vida cotidiana aprazível, porém monótona, esticava a pouca disposição de ambos com as rotinas e os costumes enraizados. De vez em quando, para temperar o erotismo conjugal, acrescentando um tanto de imaginação ao que já era bom, alugavam um filme pornô, e naquela noite faziam horas extras.

Em certa ocasião, estavam os dois numa banca de jornal, comprando e vendo as novidades. João, perante uma oferta, fica interessado em comprar um DVD, ali vendido por um preço baixo. Fala para ela, e sugere que escolha algum. Maria não o faz, e questiona: porque comprar, e não alugar? Mesmo sem ser caro, o que fazer com ele depois de assistido?

João acaba adquirindo um, e pouco importa como chamava, pois era o subtítulo que dizia tudo: *60 minutos de dupla-penetração.*

Naquele dia assistem, apreciam, se engalfinham. Mais tarde, batem um papo.

Ela: *Gostei. Que legal. Quero ver outra vez.*

João topa.

Ela: *Nunca imaginei que coisas assim poderiam acontecer. Que barato. Fantástico. Oba. Eu também quero.*

João ri, como se fosse uma piada.

Ela: *Achei demais. Gostaria de experimentar, vamos fazer? Deve ser o máximo. Arruma alguém, eu quero você por cima, e outro por baixo.*

João não acha graça nenhuma, e tenta mudar o rumo da conversa.

Ela: *Estou falando sério. Quero dar para dois homens ao mesmo tempo. Se você trouxer um outro cara, eu encaro.*

João fica bravo, e manda calar a boca.

Ele: *Pára com isso. É apenas uma atuação. Não é para fazer, é só para olhar.*

Ela: *Mas eu quero. E você também, senão, para que comprou a fita?*

Ele: *Comprei porque queria ver, e pronto! Nada mais. A vida não precisa imitar a arte.*

Ela: *Tudo bem, mas eu fiquei afim. Ou você consegue mais alguém, ou eu vou ter de arrumar um outro.*

Ele: *Chega. Não tem nada a ver. Vamos parar por aqui. Eu nunca me prestaria a uma coisa assim. Não se fala mais no assunto.*

Ela: *Bem, se você não quiser trazer nenhum outro, eu vou ter de convidar um...*

Ele: *Basta!*

Ela: *É assim? Então convido dois!*

* * *

Nos dias que se seguem, o relacionamento fica estremecido, e os dois, ligeiramente distantes. Estranhos na cama, a libido matrimonial entra num impasse. Para piorar, logo depois João deve viajar a serviço, ficando uma semana fora da cidade. Sem conseguir evitar a ausência, ele parte preocupado, e retorna mais ainda.

No entanto, voltando, é bem recebido: Maria o aguarda, sorridente, no aeroporto. Ele fica contente, aliviado, e pensa que está tudo bem. Ela diz estar com saudades, e que o esperava ansiosa. Parece feliz da vida, descontraída, rindo o tempo todo.

O sossego de João se altera com a alegria dela, e começa a se sentir incomodado pelo seu sorriso permanente.

Ele: *Porque você está com essa cara? Qual é a sua?*

Ela: *Como assim? Não estou entendendo.*

Ele: *E esse sorriso maroto? Você está parecendo com a Mona Lisa. Continua pensando naquilo?*

Ela: *Ai, querido, não é nada disso, só estou contente porque você voltou. Fica frio. Daquele negócio, a gente não precisa falar nunca mais, nem sonho com isso...*

* * *

Na semana seguinte, João procura um analista.

O MANIFESTO LATENTE DA CLÍNICA PSICANALÍTICA

Oscar Cesarotto & Márcio Peter de Souza Leite

O mundo atual não favorece uma existência aprazível para ninguém e, quando se somam os conflitos pessoais, com freqüência a vida cotidiana se transforma num inferno individual. Alguns mal-estares crônicos, cristalizados, adotam diversas formas sintomáticas. Muitas vezes, o método psicanalítico pode ser o mais adequado para o problema.

O tratamento que se espera e se obtém de um psicanalista é uma análise. Trata-se de um procedimento dialógico que opera exclusivamente pela palavra e, ao mesmo tempo, através dela. Tem por finalidade propiciar mudanças subjetivas profundas. A interpretação e a elaboração das causas do sofrimento psíquico, visando suprimir seus efeitos, é a via específica para superar a alienação neurótica.

A experiência analítica começa desde que alguém aceita se colocar em pauta, questionando sua forma de viver, seu passado e seu destino. Para tanto, aquela deveria levá-lo a um novo e diferente modo de ser, sentir e pensar. Junto com isto, fazer com que assuma a responsabilidade pelas próprias atitudes, as conseqüências dos seus atos, e o que a sorte lhe depare.

O analista tem por função catalisar a transferência, graças à sua escuta. O inconsciente, a voz ativa, diz, por meio da associação livre, o que não se sabia que se sabia. Assim, o analisante também tem a oportunidade de se ouvir, para chegar a descobrir o que realmente quer. Só desta forma poderia se reconciliar com seu desejo, depois de perceber até que ponto tudo aquilo que o martirizava não lhe era alheio.

Na época histórica que nos toca viver, o discurso científico e a razão técnica propõem soluções imediatas para quase todas as coisas. No que concerne às dores anímicas de qualquer índole, parece plausível pretender minimizá-las ou anulá-las, sempre que possível. Afinal, a angústia não tem graça nenhuma. Para tanto, a medicina, com seu arsenal de recursos cada vez mais amplo, prescreve remédios mais ou menos eficientes, num curto prazo, para diminuir o desprazer. Entretanto, nem tudo se cura com pílulas ou comprimidos.

Há mais de cem anos que a psicanálise é praticada, e aprimorada na constância do seu exercício. Disseminada em maior ou menor grau na sociedade, ela constitui um meio terapêutico capaz de resultados positivos e duradouros, provavelmente inatingíveis de outras maneiras.

Desde o seu início, foi uma alternativa eficaz perante a impossibilidade médica de resolver todas as penúrias e impasses que atormentam os seres humanos. Como certas perturbações e inibições não fazem parte das doenças tipificadas, isso determina que a psicopatologia tenha de ser definida a partir da singularidade de quem padece. Assim, para erradicá-las, não adiantam receitas magistrais nem substâncias de última geração, depois de tanta pesquisa, agora disponíveis no mercado da saúde. Fica evidente que a farmacologia tem utilidade suficiente como para merecer o devido respeito, mas, infelizmente, inexistem panacéias.

O inconsciente, patrimônio psicanalítico, nada tem a ver com o sistema nervoso central e vice-versa. A sexualidade da nossa espécie, enquanto enigma íntimo, não coincide com os achados da biologia ou da genética. Tampouco a sexologia, caracterizada por um otimismo pragmático, consegue que o desejo, o gozo e o prazer sejam sempre benfazejos. Se as fórmulas de compromisso que cada um arranja ao longo da própria vida fracassam, e quando nem a felicidade nem a tranqüilidade são mais viáveis, talvez seja o momento exato para procurar uma análise.

Nela, o conhecimento de si mesmo será muito mais do que uma aventura do espírito, pois as questões a serem elucidadas não são filosóficas, universais ou abstratas, senão clínicas, pessoais e bem concretas. Antes e em primeiro lugar, o sujeito, com minúcia e precisão, terá a chance de passar sua existência a limpo, como condição necessária para retificar seus sentimentos e pesares. A decorrência desta atitude sistemática o deixará apto para se situar na realidade que lhe concerne, do melhor jeito possível.

Aliviado do peso dos entraves simbólicos, das limitações imaginárias, e isentado dos seus mal-estares, por sua conta e risco correrão seus dias, na procura do bem-estar que lhe é de direito, sem continuar arcando com o dispensável ônus da neurose.

Algumas patologias do cotidiano que podem ser tratadas pela psicanálise:

MEDOS: Angústia, ansiedade, pânico, tensão, pavor e fobias.

TRANSTORNOS DA ALIMENTAÇÃO: Fome exagerada, azia, gastrite, prisão de ventre, perda do apetite e vômitos.

DISTÚRBIOS DO SONO: Insônia, sono alterado, pesadelos, sono excessivo, sonolência diurna e cansaço crônico.

AFECÇÕES ANÍMICAS: Desânimo, incerteza, dúvida constante, rancor, remorsos, culpa, melancolia, tristeza e depressão.

ALTERAÇÕES DO SI MESMO: Descuido, inferioridade, descontentamento, autodepreciação, covardia, anulação subjetiva, inveja, fantasias insuportáveis e dores constantes.

DESEJO: Falta de tesão, insatisfação permanente, fracasso sistemático, inibições, desejo do Outro, abjeção e infertilidade.

SUPEREU: Desestímulo, dever, auto-exigência, masoquismo moral, ideais impossíveis, sacrifício e pena de si.

ADIÇÕES: Alimentação nociva, TV, drogas lícitas (álcool, fumo e remédios), drogas ilícitas, consumismo, azar, condutas de risco, trabalhismo, superstições e perda de tempo.

TANATOS: Vontade de morrer, perda do sentido, automutilação, somatizações, tentativas de suicídio, esgotamento vital e bolamurchismo existencial.

Tower blues

Na Torre de Londres, a demência repica contra o eco das paredes da solidão.

O prisioneiro tinha ficado, nos últimos doze anos, trancado no mesmo quarto, sem sair.

Embora lá fora o tempo fluísse, correndo as estações, a vida a continuar, tudo era igual para ele, sempre olhando pela mesma janela.

A lareira era importante, e não só pelo fogo nas épocas de frio: o frontispício, de madeira, oferecia a possibilidade de talhar uma figura e uma lembrança, usando como ferramenta a fivela do cinto, com muita paciência afiada no piso de pedra.

Por sua vez, o metal criava e recriava as mil fantasias de suicídio ao ser cuidadosamente guardada perante a busca dos guardas.

O emblema na frente da chaminé era um escudo de armas.

Depois, nas laterais:

à esquerda, uma mulher nua,

à direita, um poema,

no ângulo, um testamento,

no chão, num canto, um nome guardado no coração.

* * *

Era mais provável que os corvos da torre morressem antes dos guardas; os anos se passavam e eles continuavam ali. Olhando fixo para ele, com a proibição de lhe falar ou responder.

* * *

O prisioneiro matava o tempo brincando com o eco: falava para as paredes, que respondiam para as paredes as mesmas palavras.

Estabeleceu uma estreita relação com seu corpo, discriminando todas suas partes, para juntá-las de novo num secreto monólogo em cada tarde de chuva.

Pediu uma Bíblia para ter esperança, mas era um vencido, e seus inimigos o controlavam. Numa manhã, despertando, encontrou um espelho no centro da habitação.

Muitos anos se passaram e ver-se refletido era um risco impossível de ser esquivado.

O diabo no espelho o tentou durante meses, sem conseguir. Cada centímetro mais perto da sua imagem, em semanas de completa agonia.

* * *

Cedo um dia, foi acordado por uma grande atividade.

Os guardas entraram no quarto e fecharam a janela com um pano preto. Ele compreendeu que não veria.

Mas ouviu os passos, as súplicas, os preparos, o assobio do machado e algo rolando depois.

Não resistindo mais, jogou-se sobre o espelho virado contra uma parede.

E se olhou de frente, procurando a própria cabeça que já não estava, e deixava um vazio inútil sobre seus ombros.

Hai kai

Fazendo logoff

salvando suas configurações

o windows está sendo encerrado

só depois

de ter gozado.

Metatexto

(Entrevista com Oscar Cesarotto, por ocasião do lançamento de *O verão da lata*, em outubro de 2005.)

A: O motivo deste diálogo decorre de um equívoco. O livro *O verão da lata* parece contar uma história, mas acaba contando outra. Seu autor topou responder algumas perguntas, para elucidar esta e outras questões.

O: O autor agradece, e fica bem disposto para com o leitor, pelo menos um. Pelo menos um leitor justificaria o ato de escrever? Seria um bom começo. A condição óbvia desta conversa é que você tenha lido o livro, e não apenas o título.

A: Pois é, o título faria referência a um evento do longínquo no final dos anos oitenta. O local, a costa brasileira, na latitude norte do litoral paulista. A ocorrência: perseguido pela Polícia Naval, um barco teria jogado a carga no mar, para evitar o flagrante. Nada mais nada menos que 22 toneladas de latas, hermeticamente fechadas, cheias de **cannabis índica** prensada. Quando as latas chegaram nas praias, foram catadas por cariocas e paulistanos, e aqueles tempos devem ter sido um desbunde, porque muitas pessoas lembram ainda hoje, e continuam a falar sobre "o verão da lata".

O: BINGO! Aqui está o erro cognitivo. Eu escrevi uma novela assim chamada, mas que pouco tem a ver com tudo isso. Como fica evidente desde o início, seu argumento é baseado em fatos irreais. O ponto de partida, mas também de chegada, são duas expressões corriqueiras, tiradas da gíria: *o verão da lata, e da lata!*

A primeira é uma alusão quase mítica, na memória daquele verão em que aconteceram coisas bizarras. A segunda é uma exclamação superlativa, para destacar algo que é muito bom. Já estão incorporadas na língua, vai saber até quando.

A: Sim, tudo começa na linguagem, como jogo de palavras, mas, o que estas querem dizer? No livro, a mais repetida é *lata*. Então, e apesar de não ficar explicito, tudo indica que se trata das ditas cujas.

O: Sim, porém não. *Lata*, como significante, pode ser isso, e muito, muito mais, na semiose deflagrada pela associação livre. As latas são o motor da história, condicionam a trama, determinam os personagens, causam o desejo, sem jamais noticiar o que teriam dentro. Em lacanês, seriam "metonímias do objeto perdido". Ou seja, um recurso literário. E sem dopamina.

A: O leitor percebe, de imediato, que o livro não é nenhuma apologia de substâncias ilícitas, mesmo que um clima psicodélico esteja presente o tempo todo. No entanto, é verdade que nunca se mostra o conteúdo das latas. De qualquer jeito, seu efeito altera as pessoas, que vão ficando cada vez mais absurdas e imprevisíveis.

O: Bom, assim é, se lhe parece. Aquilo que teria sido, num passado remoto, pertence agora a um outro registro, o das lendas urbanas. Foi um episódio suficientemente insólito como para duvidar que possa ter sido assim. Mas a realidade nem sempre é verossímil. Fica para os historiadores o ônus da prova.

Enquanto isso, por que não pegar o mote e, de quebra, dar o bote? No fim das contas, bobagem pouca é bobagem. Sou levado a pensar que, se o barco tivesse jogado fora um carregamento de latas de leite Moça, o lance seria politicamente mais correto.

A: Não é um relato de fatos, mesmo que inacreditáveis, e muito menos, uma reconstrução da época. Nem memorialismo, nem documentário. Pertence a algum gênero conhecido?

O: Claro que sim. É uma ficção, construída como uma crônica, com alguns elementos de realismo urbano mágico. Samuel Leon a batizou de "picaresca pop". A narrativa é quase jornalística, descrevendo cenários plausíveis, com a condição do leitor se deixar levar pelas asas da imaginação. O papel, ou melhor, o computador, aceita tudo, e permite criar o improvável. Isto tem nome: literatura.

A: Assim seja. Agora, fale um pouco sobre o **making of** do Verão.

O: A idéia surgiu no primeiro dia de 2004, fruto do ócio e do empolgo do novo ano. Pensando no que viria a ser o título, visualizei primeiro um curta-metragem, que abriria mostrando uma praia cheia de latas prateadas e, a seguir, um monte de situações tolas, uma mistura de vídeo-cacetadas com os Três Patetas, e em cada cena, junto com as trapalhadas, em algum canto, sempre apareceria uma lata. Este foi o flash inicial.

No dia seguinte, comecei o roteiro. De imediato, percebi que, mais uma vez, estava frente à tela, como escrevinhador. E que filmar não era comigo. Naquelas férias, fiquei em São Paulo, na época do aniversário da cidade, e choveu sem parar durante duas semanas, dedicadas integralmente à escrita. No Carnaval, acrescentei os dois capítulos que faltavam. Depois, ao longo dos meses, a arte final.

A: De onde veio tanta inspiração? Você queria que fosse um livro de humor?

O: Nada como a ameaça do tédio para pôr a cachola de molho, e dar um malho. E sem maiores compromissos. Como sempre escrevi textos sérios, psicanalíticos e acadêmicos, aproveitei a deixa para soltar o verbo. As palavras se convidavam sozinhas. A trama foi se desenvolvendo de forma espontânea. Anotava todos os chistes, construía as situações, colocava os personagens, e inventava mundos e fundos.

A estrutura da história foi planejada a priori, assim como os capítulos, e as duas partes. Contudo, a redação não foi linear. Anotei os títulos em pequenos papéis, dobrei, coloquei num saco de pano, e cada vez que retomava, tirava um, e continuava num capítulo diferente, e assim por diante. Como não tinha horário, trocava a noite pelo dia, e os pés pelas mãos. Quando acordava, lia o que tinha produzido, e dava muitas risadas. Era engraçado, pelo menos para mim.

A: O livro é divertido, e tem momentos hilariantes. Flui com facilidade, como um filme, talvez por ter sido essa a intenção, quando idealizado. Como foi concebido?

O: Do escopo geral derivaram as seqüências, seriadas como um **story-board,** e as locações. Produzi bastante, e o saldo foi um escrito denso e concentrado. Os poucos primeiros leitores ficavam atolados. Mais tarde, fiz a mixagem da versão definitiva, espumosa e esponjosa, alto astral.

A: Muitos dos personagens podem ser anônimos, mas o livro menciona nomes de pessoas que existem, ou que já existiram. Qual é o limite entre a verdade e a fabulação?

O: Todos os nomes que aparecem no livro são pseudônimos, mesmo os que coincidem com os patronímicos de pessoas conhecidas. A maior parte das situações descritas é fantástica, mas não por completo. Certos detalhes estapafúrdios correspondem a fatos concretos, e alguns lembrarão. De resto, a vida imita a arte, a ficção esnoba a realidade, e o imaginário prostibuliza o simbólico.

A: Você acabou de falar uma palavra que nunca ouvi antes, e seu livro está cheio de neologismos e palavras obsoletas. Como se relaciona um estrangeiro com uma língua que não é a sua de origem?

O: Uso e abuso, estímulo e resposta, engenho e arte. Muitas horas extras bem remuneradas, pela mais-valia do gozo da lingüisteria. Faz tempo que participo do idioma, e gosto muito de extrapolar. O português do Brasil entrou na minha vida depois do castelhano, do inglês, do latim, e antes do *lunfardo*. Fico à vontade nele, e quero expandi-lo para além do sensato, do sensível, e do sentido comum.

A: O livro não tem ousadias formais; pelo contrário, sua estrutura é clássica: começo, meio e fim. Este suporte narrativo permite alinhavar uma série de peraltices, contadas de um jeito neutro, para melhor destacar o amplo vocabulário utilizado, quase sempre de maneira pouco convencional. Você tem estilo, dá para notar, mas não para definir. Quais são suas principais influências literárias?

O: Para começo de conversa, William Burroughs. *O verão da lata* me reporta imediatamente ao *Almoço nu*. Em seguida, Lewis Carroll, pelo espírito da coisa, e pela identificação imaginária. Eles são os ideais do meu eu. E fiquei surpreso quando descobri que também tinham participado, inconscientemente, o francês Jacques Prévert, e os argentinos Maria Elena Walsh e Roberto Fontanarrosa, nos vários **dubs** do livro. Do Brasil, duas obras-primas: *Macunaíma*, de Mario de Andrade, e *Fazenda modelo*, de Chico Buarque de Hollanda.

A: **Dubs**? O que é isso, companheiro?

O: Sabia que você perguntaria, e joguei verde. Correspondem a certos momentos do relato, quando substantivos e adjetivos vão sendo declamados e debulhados sem usar verbos, sustentados apenas pelas conjunções, se ligando mais pelo ritmo que pelo significado. Inspirados nas técnicas do reggae jamaicano, os **dubs** desconstroem a função comunicacional da linguagem, agindo simbolicamente como radicais livres.

A: O livro exalta a figura de Bob Marley, e agora você fala do mesmo ritmo. Qual é a importância do reggae na obra?

O: A presença de Bob Marley é uma parte importante do script. Escutava muito reggae enquanto escrevia, e sua cadência permeia a respiração da leitura. Indo um pouco mais longe, dá para fazer uma analogia com os dois momentos do processo de montagem.

No primeiro, a colheita do material, a lógica das idéias, e a busca dos termos adequados, tudo foi compactado num bloco só, por acréscimo e até em excesso, como nas gravações de Lee Perry. No segundo, separando as frases e os parágrafos, arejando o manuscrito, eliminando o supérfluo para manter o balanço e estabelecer o equilíbrio, o modelo foram os mixes de King Tubby.

Em definitivo, a conjugação de duas características tradicionalmente opostas na história da arte. ***Per via de porre, e per via de levare.*** Atuando por superposição, na pintura, ou tirando, para deixar aparecer, na escultura. Leonardo e Michelangelo, os mestres italianos, pau a pau com os manos jamaicanos. Alienação e separação, diria Lacan. Yin & Yang. Desordem e progresso.

SGT. PEPPER'S LONELY HEARTS CLUB BAND (REPRISE)

Sigmund Freud era um grande orador, um retórico nato capaz de encantar multidões com sua verve e carisma. Sabia muito bem o que dizia, dando sempre exemplos claros para ilustrar os conceitos fundamentais. Sua voz tonitruante dominava a audiência, e discorria fluentemente sem precisar ler. Nos cinco shows na Clark University, levou o público americano ao delírio, conquistando aquele difícil mercado. E as *Lições introdutórias à psicanálise*, em 1917, bateram todos os recordes de bilheteria.

Por isso, as *Novas lições*, as conferências da década de 30, tinham tudo para dar certo. Na platéia, discípulos, pacientes, colegas, curiosos e detratores, o auditório lotado em todas as datas. Pontual, o velho mestre impunha silêncio com sua presença, e dissertava como poucos.

Freud falava sentado, oferecendo seu melhor perfil, levantando algumas vezes para escrever na lousa. Fumava o tempo todo, e bebia água cada tanto. No final, fortes aplausos, e mais de uma vez precisou voltar para um bis. Fato inédito na história -- tanto do cinema quanto da psicanálise --, as apresentações foram filmadas por uma equipe dirigida por Fritz Lang.

A última noite foi o máximo. O programa anunciava um assunto instigante, "O problema da concepção do universo". Criando um clima onírico, o espetáculo iniciou com *Assim falava Zaratustra*, executado por uma orquestra completa, enquanto eram projetadas, num telão, imagens aleatórias de filmes expressionistas. Freud discursou durante uma hora, e depois respondeu as perguntas da galera. No auge, não se conteve, e apesar dos anos e dos ossos, arriscou um **stage-dive** e se deu bem, sendo carregado pelos fãs de volta ao palco, para cumprimentar, se despedir e assinar autógrafos.

Esta foi sua última aparição oficial ao vivo. O texto da palestra foi lançado pouco tempo depois num compacto simples, e atingiu o primeiro lugar nas listas dos mais lidos.

* * *

O primeiro dos grandes festivais que marcaram os anos sessenta foi na cidade de Monterey. Num final de semana de sol ameno, tocaram muitas bandas já famosas, e outras que, a partir de então, ganhariam notoriedade. Foi a estréia de Jimi Hendrix na sua própria terra, depois de estagiar em Londres, embora não fosse o único vindo daquelas bandas, também estavam Eric Burdon e os Who.

E a grande surpresa, depois do quebra-quebra e do incêndio nos dois últimos shows, foi anunciada por Brian Jones:

- Ladies & gentlemen, from the swinging London, here *is* *Sgt. Pepper's Lonely Hearts Club Band!*

Quatro figuras apareceram do nada, bastante familiares e, no entanto, estranhas. Todos de bigode, trajando fardas estilizadas de cores brilhantes, inadmissíveis em qualquer exército. Dava para perceber que estavam em alfa. Começaram tocando forte, e o volume foi crescendo cada vez mais.

O baixista canhoto levava a voz cantante, e depois, os outros. Nenhum dos espectadores conhecia as novas composições, todas muito diferentes entre si, mas não importava, porque eram maravilhosas. A última delas, num grande final, concluía com uma nota altíssima tocada ao uníssono, ameaçando provocar um terremoto no sul da Califórnia.

Quando parecia que tudo tinha acabado e que nada mais seria possível, eles ainda detonaram outra versão da primeira música, mais rápida, com mais peso, sem ponto de comparação. E na seqüência, como num passe de mágica, sumiram no meio da ovação que coroou o êxtase coletivo. Ninguém acreditava no que tinha acontecido, parecia um sonho ou uma alucinação.

Por causa de uma falha dos equipamentos de gravação, apenas a reprise foi registrada, ficando como prova e testemunho do evento, mais tarde editada no LP homônimo. Na arte da capa, a foto de Freud foi trocada pela de Jung, por sugestão de Yoko Ono.

Os PESADELOS DA RAZÃO

Em março de 2004, o Museu de Arte Moderna (**MAM**) de São Paulo, foi sede de uma exposição da escultora inglesa Rachel Whiteread, bem representada por um conjunto de obras realizadas ao longo dos últimos anos, todas interessantes. Especialista em moldagem, capaz de expandir este processo para além das fronteiras prévias, seus resultados são dignos de admiração. Utilizando materiais insólitos, dos mais variados aos tradicionais, ela torna visível o vazio, dando consistência à ausência, para fazer dela uma presença sólida. A mostra incluía, por razões óbvias, apenas aqueles objetos de tamanho adequado às dimensões do espaço museológico. Sua produção compreende dois tipos de peças, as pequenas e discretas, quase íntimas, e as de maior volume e densidade. Ainda, a fama merecida decorre dos trabalhos em grande escala construídos **in loco**, a céu aberto no coração das cidades.

Uma maquete do *Memorial do Holocausto*, de 1995, e uma série de fotografias que documentam tal projeto, são os simulacros daquilo que, de fato e para valer, foi concretizado, nos anos seguintes, no centro velho de Viena. As proporções da escultura ali implantada guardam relação com os apartamentos em torno da praça, e a construção se ergue no silêncio circunspeto do cimento cru. De imediato, lembra um mausoléu, mas suas portas de pedra para sempre estão fechadas, com dois buracos nus no lugar das inúteis maçanetas. As paredes são formadas por fileiras incontáveis de tijolos que aparentam ser livros colocados de maneira invertida, cujas lombadas e títulos estão contidos no próprio monólito. Nunca mais poderão ser lidos, nem conhecidos; jamais poderá se saber do que tratavam, nem o que foi perdido. Sem alegorias ou pieguices, a homenagem aos desaparecidos tenta simbolizar o real da morte, o impossível.

Num vídeo na mesma exposição, o Memorial é mostrado na sua realidade física, definitivamente instalado na ***Jundenplatz,*** e visto em perspectiva, agora inserido do contexto urbano. As imagens são acompanhadas por um comentário de Rachel, explicitando o processo de criação, e seus pressupostos ideológicos. Ela conta que conhecera bem o tema, e a bibliografia sobre o destino dos judeus no Terceiro Reich, nos dois anos em que residiu em Berlim. Depois, ao receber a encomenda, mesmo não sendo judia, sentiu-se concernida, tomando posição. Na sua opinião, a Áustria nunca admitiu publicamente a parcela de responsabilidade nas atrocidades da Segunda Guerra, se comportando após a mesma como se nada tivesse acontecido. Talvez por não saber como se desculpar, os austríacos não costumam tocar no assunto, e torcem para que não se volte nessa questão. Portanto, a missão do *Memorial,* mais do que estética, seria ética, assim como foi política a decisão de revigorar a lembrança do horror, para que não fosse arquivado o que não tem prescrição, os crimes contra a humanidade. Apesar das resistências e pressões, a obra foi levada a cabo e, só depois, sua idealizadora conseguiu sentir orgulho e alivio.

* * *

Também em março do mesmo ano, a escultura titulada *Alison Lapper grávida*, de Marc Quinn, foi selecionada para ser instalada sobre um pedestal vazio em **Trafalgar Square**, no centro da **city** londrina. A obra, a ser recriada num formato monumental, teria 4,5 metros de altura, em mármore branco, começando na próxima primavera. Para se entender o impacto desta escolha, se faz necessário apresentar o artista e a modelo.

Marc Quinn ganhou notoriedade no começo dos noventa com ***Self***, uma réplica tridimensional de sua cabeça, feita com seu próprio sangue congelado. A peça era exibida num gabinete refrigerado, sobre uma base de aço inox, dentro de um cubo translúcido. Com o passar do tempo, e a despeito da baixa temperatura, aquilo derreteu. Como a vida, a obra não seria eterna. Na saudade antecipada de um futuro finito, o gesto auto-erótico de se moldar com a própria corporeidade acabou sendo um **memento mori** mais do que radical. Por último, o imaginário sucumbiu perante o real, na dissolução do narcisismo num charco vermelho e amorfo, e na abstração do significante **self**, que indica o ego, mas não identifica a singularidade do sujeito.

Alison Lapper, por sua vez, não tem braços, e suas pernas são muito curtas. Nascida nos anos 60, ela foi uma das vítimas da ***talidomida,*** um medicamento administrado na gravidez para minimizar os enjôos. Tarde demais foram comprovados seus efeitos colaterais: pelo mundo afora, até ser proibido, bebês deformados pagaram o preço da imprudência da farmacologia. Nua, prenhe e radiante, posou para a posteridade, superando qualquer vergonha ou inibição.

* * *

Estas obras e seus autores têm muitos pontos em comum. Whiteread e Quinn, dois escultores, ambos ingleses. Na modalidade de cada um, abordando, com sua arte, a persistência da dignidade e da memória, em sendas estratégicas contra o esquecimento. Há um propósito em jogo. Nesta época, em que o primado de *Tanatos* ameaça *Eros*, um véu de alienação proposital tende a ocultar os pesadelos da Razão. Tanto o monumento quanto a estátua chamam a atenção para o que não deve ficar nas sombras, reprimido. Tudo o que for humano é estranho e familiar. A realidade costuma ser mais obscena que sua representação.

No caso do remédio iatrogênico, fica como dúvida se a desgraça foi por um excesso de otimismo terapêutico, ou pela pressa de colocar o produto no mercado. Não adiantaram os pedidos de desculpa e as indenizações. Seres malformados sofrerão, pela vida toda, o ônus da deficiência. Isto não lhes tira qualidade humana, nem o direito de procurar a felicidade.

A escultura de Quinn, mesmo realista, parece surrealista, mas nada tem a ver com o **body art.** Pouco importa se não coincide com o cânone do belo contemporâneo. Corpos incompletos têm um poder e uma beleza raramente reconhecidos nestes tempos em que a juventude e a perfeição são idolatradas. Na vida real, Alison é feliz com seu filho.

No cálculo insensato do nazismo, o extermínio teria sido cuidadosamente planejado, e colocado em exercício com o auxílio da ciência. A operação macabra foi levada à prática com a frieza da tecnologia, a serviço da destruição.

No primeiro caso, o bem foi malfeito. No segundo, o mal foi bem feito. Resta, para a arte pública, a sublimação dos sintomas da cultura, contribuindo para evitar que o não simbolizado retorne como assombração. Os trabalhos de Rachel são um convite inteligente ao espanto e à reflexão, pedra sobre pedra.

A VERTIGEM DA LIBERTINAGEM

PRIMEIRA PARTE

(Praça Roosevelt)

De noite, todas as pombas são pardas, escuras e escusas. A ausência dos gatos é motivo de festa, se mandaram para não virar churrasquinho ou tamborim. Uma silhueta ao relento, sentado num banco, se curva numa meia reverência, e fala para uma platéia vazia.

Plínio Marcos: -- *Caros leitores, queridos espectadores, bem-vindos sejam ao playground de paixões desregradas, nesta praça de touros solitários e vaquinhas mimosas. Nem sempre foi assim; antes era pior. Mas poucos lembram, pois este país não tem memória, e a cidade padece de amnésia seletiva. Eu, Plínio o Jovem naquela época, fui testemunha, dou fé, sou capaz de jurar com uma mão nas Páginas Amarelas, e a outra no fogo. E tenho muito para contar, bastante teatro escrito, e filmes falados para serem imaginados.*

Vocês conhecem o Marquês de Sade? Todo mundo sabe quem foi o fulano, e seu nome já entrega o jogo. Suas pirações foram inspirações para muitas boas almas desta paróquia. Tinha mais ibope que Kant no pedaço. Morava um monte de sátiros por aqui, e rolava de tudo, acredite quem quiser.

Ouçam bem, de primeira mão, uma das tantas histórias da cidade nua. Serei objetivo nos fatos, parco na interpretação, e prolixo nos detalhes. Tudo isto aconteceu numa das kitchinetes daquele prédio ali cheio de gente esquisita, nos anos setenta. Naquela época, as coisas eram assim nas madrugadas. Liberdade de verdade, vertigem e libertinagem, amém do-in.

SEGUNDA PARTE

(Restaurante Orvieto)

Numa mesa de canto, Leo, Marta, Valeria e o Pedrão, do *Som nosso de cada dia*, escutavam atentamente uma exótica figura falando pelos cotovelos com forte sotaque eslavo. Depois de algumas caipiroskas, todos estavam entendendo. Foi então que Plínio apareceu, como todas as noites, carregando uma mochila cheia de livros de sua autoria. Cumprimentou, chegou perto e, achando interessante, foi ficando.

Olga del Volga, a sexóloga bielo-russa leninista e freudiana, há pouco chegada na cidade, toda noite circulava pela boemia, querendo se enturmar. Caucasiana, vestida de vermelho e com tranças, era a imagem viva da revolução, versão Eisenstein. Manifestava suas idéias e opiniões num português lusitano, com sotaque do Kremlin, e ainda fazia mímica em esperanto. Na ocasião, dava uma aula informal acerca do significado dos afrescos de Orvieto, reproduzidos nas paredes do restaurante.

Discursando sobre a sexualidade e a morte, as benesses do socialismo e os malefícios do capitalismo, num certo momento, não conseguiu lembrar o nome do pintor aludido, e então Plínio entrou na conversa:

-- *Não era Boltraffio, não era Boticelli, acho que era Signorelli, ou talvez Vermicelli, sei lá, tanto faz. O que importa é que ornamentavam as paredes de uma igreja, não como decoração, e sim para apavorar os fiéis, tementes do juízo final. Como disse o camarada Mao, o ópio é a religião do povo.*

Olga e Plínio foram apresentados, e quando ela ficou sabendo quem era ele e o que fazia, não se conteve e disparou a perguntar sobre as taras e mazelas da sociedade local. Queria por que queria que ele contasse alguma história cabeluda autêntica, uma amostra do erotismo brasileiro ou, pelo menos, paulistano.

Non ducor, duco, Plínio não se fez de rogado.

A FILOSOFIA NUM QUARTO-E-SALA

Cena I

Violeta está sozinha no seu apê. Descalça, veste apenas um baby doll e parece uma pequena boneca. Desliga a TV, senta num puff de oncinha, e começa a pintar as unhas de preto, das mãos e dos pés. Para finalizar, na frente do espelho, também pinta os mamilos. Fica se olhando satisfeita, até a campainha tocar.

Cena II

Entra Eugênia, uma prima alguns anos mais nova. Carrega uma mala, e chora desconsoladamente. Está ali por ter fugido de casa, depois de uma briga com a mãe, a quem detesta pela imposição de severos limites à sua juventude. Quer se ver livre para viver sem restrições. Diz que, a partir de agora, vai fazer tudo o contrário das recomendações maternas. Pede conselho, e se prontifica para seguir as orientações da outra, tão experiente.

Violeta acha graça da situação, tenta acalmá-la e, sim, concorda que está mais do que na hora de conhecer o que a vida tem de melhor. Poderá ser uma tutora, para revelar todos os segredos femininos, mas seria necessário um homem para pôr em prática os ensinamentos. Ela conhece a pessoa certa. Telefona para Marvel, seu irmão, também primo dela.

Cena III

Em menos de dez minutos, Marvel se faz presente, instigado pelo convite, e é recebido com um beijo de língua. Violeta explicita o que se espera dele para iniciar a moçoila, que treme de medo e excitação. Tomando a iniciativa, tira as roupas de Eugênia, cujo corpo despido é apreciado, apalpado e avaliado.

Sem delongas, Marvel assume o discurso do mestre, e ordena as ações preliminares, seguidas à risca:

Xana com xana

Violeta acaricia Eugênia.

Violeta masturba Eugênia.

Eugênia masturba Violeta.

Violeta lambe Eugênia.

Eugênia lambe Violeta.

Cunilingus mútuo e recíproco.

Il cazzo

Marvel mostra seu membro ereto para Eugênia, explica seu funcionamento e magnífica suas virtudes.

Eugênia chupa Marvel.

Eugênia masturba Marvel.

Marvel ejacula no rosto de Eugênia.

Eugênia lambe o esporro.

Cena IV

Depois, os três descansam e bebem vinho do Porto. Por baixo dos panos, Violeta dissolve um comprimido de ***Artane*** no copo da prima, cujo efeito a deixa tonta e manipulável. Chama Marvel no quarto, e conta seu plano: vender a virgindade de Eugênia para Dolman C., capaz de pagar uma boa grana por um hímen garantido. Ele topa a parada, ainda mais, levando uma gorjeta, mas não fica muito convencido da preferência do freguês.

Violeta liga para Dolman C., o depravado filinho-do-papai quatrocentão pervertido e corrupto, sempre pronto para qualquer sacanagem. A proposta é bem-vinda, combinado o preço, pegue e pague, pronta entrega.

Cena V

Dolman C. não demora, e chega acompanhado por um jovem apolíneo mudo como uma estátua. Violeta apresenta Eugênia, elogia suas qualidades, confirma sua pureza, negocia seu valor de uso. A moça, jogada languidamente num divã, de pernas abertas, só deseja ser desejada. Uma nota preta fecha o negócio, e o cio tem início.

Confirmando a suspeita, Dolman C. declara não ser chegado numa bucetolinâcea, delegando a via regia ao Automaton, e reservando para si o lado B. Tiram a roupa, mas, antes de cair na farra, Violeta traz um tappeware onde Eugênia mija de cócoras. O libertino dá vários goles de xixi de anjo, e declara estar pronto para fazer uma mágica: transformar a vestal numa égua.

Cena VI

O Automaton, duro como o aço, dá conta do recado, rasgando o cabaço.

Eugênia, desflorada como uma margarida, suspira feliz apesar da dor, para sempre diferente de si mesma.

Marvel e Violeta assistem de camarote, na maior bolinação. Consumado o ato inaugural, ela pega o lençol manchado de sangue, abre a janela, e o pendura na sacada, comunicando à praça.

Cena VII

Agora é a vez de Doman C. Apelida a moça de Geni, e a posiciona docilmente de quatro. Violeta providencia o KY, acerta o ponteiro, e a natureza leva um gol contra, comemorado pela torcida.

Dolman C. se retira e toma distância. Pega uma câmera ***Polaroid,*** pede para Violeta abrir as nádegas da prima, e fotografa a Freguesia de O após a enchente. Novamente, troca seu nome:

-- Você era Eugênia, púber e mártir, até sua genitália pagar o pedágio da sexuação. Virou Geni, por um curto tempo, enquanto seus horizontes eram alargados. A partir de agora, desbundada e cheia de sabedoria, será chamada de Sofia.

Cena VIII

Doman C. começa a cheirar lança-perfume, e fica cada vez mais loquaz. Sobe numa cadeira, e pronuncia uma arenga inflamada:

Cidadãos! Mais um esforço para serem escravos!

Cena IX

Num primeiro momento, os outros ficam atentos, mas depois, sem deixar de prestar atenção, vão se emparelhando. O Automaton enfia dois dedos numa tomada, leva um choque, e fica duro de novo. Violeta se oferece para um papai-mamãe convencional, na posição do missionário, enquanto Sofia assopra Marvel.

Cena X

De repente, toca a campainha. Dolman C. cala, e Violeta abre a porta. Nestor, do apartamento ao lado, pedindo uma xícara de açúcar. Ao se deparar com a vizinha nua em pêlo, desaparece pelo corredor, como alguém que viu uma alma pelada.

Cena XI

Agora é o interfone que toca, é um conhecido travesti se anunciando na portaria. Sua chegada é por todos festejada, e ele/ela entra triunfal. Augustina ou Ausgustão, dependendo da ocasião, ou apenas Tin, quando o desempenho sexual deixa espaço para o tráfico de substâncias *non sanctas*. Tin, o rei do ***Pervitin***, aplicava e se picava, e era gilette platinium plus.

Dolman C. quer aproveitar a promoção, e pede o número 2. Acaba levando na veia e na traseira, e só depois consegue dar o troco, comendo o coringa, tin tin por tin tin.

Cena XII

Os homens vão para o quarto, se fechando num ritual secreto. Durante o recreio, Violeta e Sofia perfazem um círculo vicioso sessenta e nove vezes.

Cena XIII

A aparição inesperada da mãe da moça, procurando-a na casa da sobrinha, causa um instante de desconcerto. Com total sangue frio, a dita cuja pega o interfone e manda subir. Antes, expõe suas intenções revanchistas para com "aquela vaca".

Cena XIV

Assim que a senhora mãe dela entra, é amordaçada, despida, amarrada, e submetida a um julgamento sumário. Sofia declara que, não sendo mais Eugênia, não tem mais obrigações filiais nem conchavos afetivos. Muito pelo contrário, acumulará as funções de promotor, juiz e carrasco. Os cargos: ter sido sempre uma ignorante em matéria de prazer, mal-amada, reprimida, beata, uma "mulher de uma pica só" e, pior ainda, ter pretendido que a filha fosse como ela.

Culpada por unanimidade, uma penetração em dobro será o seu castigo. Dolman C. designa Marvel e o Automaton o cumprimento da sentença. Este último põe de novo os dedos na tomada. Os dois juntam forças, e a pacata esposa, mãe de família e rainha do lar, acaba sofrendo no paraíso.

Cena XV

Mas a filha acha pouco, e uma vez finalizada a dupla jornada, completa a vingança introduzindo duas pimentas malaguetas nos túneis maternos, colando depois com **Superbonder**. Enxotada do apartamento, a vaca vai para o brejo, para nunca mais voltar.

ÚLTIMA CENA

(Bar Redondo)

Entusiasmada com o final do relato, Olga del Volga quer mais detalhes sobre a putaria. Plínio, didático, explicita a moral da história:

-- *Como dizia Dario Fó, é pimenta no fiofó. No alheio, é sempre o melhor recheio.*

Ela pergunta: -- *Kê kêrr dixer "fioufiôu"*, **tovarich**?

Ele sorri sorrateiramente, levanta, acena para todos, e se perde numa noite suja.

Cheirinho bom

De repente, um odor inesperado, um fedor ou um perfume, desperta uma vivência esquecida, que surge com espantosa nitidez, reprisando algum episódio da nossa história pregressa. O nariz funciona como uma antena involuntária, e o cheiro age como uma chave mestra, abrindo arquivos mentais que nem se suspeitava que existissem. E junto com as imagens muito vivas, voltam sensações e afetos. Num instante fugaz, a memória se expande, e a consciência se ilumina.

Este tipo de fenômeno não é tão raro assim, levando os neurocientistas a se esforçarem para entender as capacidades do cérebro e suas sinapses insólitas. A psicanálise, por sua vez, não ignora que o olfato tem vinculação estreita com o inconsciente, com as vivências e as emoções do passado, suprimidas no dia a dia. Como o input olfativo não pode ser barrado, seu impacto direto no psiquismo facilita o retorno do recalcado, sob a forma de um flashback.

Seria possível reviver um cheiro, de forma intencional? Não, pois o máximo que se consegue é uma lembrança racional, somente um pálido reflexo da sensação vivida. A literatura pode descrever, com muitos detalhes e metáforas, qualquer espécie de cheiro. O leitor, porém, apenas consegue ter uma apreciação intelectual incapaz de propiciar associações.

Portanto, sem o agente verdadeiro, nada acontece. E quando, num triz, as nossas narinas são acionadas, também são ativadas as recordações de um tempo perdido que, justamente por isso, reaparece idealizado.

As reminiscências infantis na vida adulta podem ser inesquecíveis. Na época em que éramos pequenos, tudo era novo, excitante, desconhecido. As surpresas do cotidiano incentivavam o aprendizado do mundo. Com o passar dos anos, foi se perdendo a ingenuidade, soterrada pelas informações culturais e as obrigações sociais. O destino da criança é deixar de sê-lo, para virar um cidadão sério e bem comportado. Crescer é ganhar autonomia e perder espontaneidade, um processo repressivo, em todos os sentidos. Ficam as saudades.

Então, um belo dia, o faro nos traz de volta a nossa história, de maneira aleatória. De fato, há cheiros que nunca são apagados, constituindo o registro íntimo das "coisas boas do passado". Todo mundo tem seu repertório, embora existam constantes:

- o cheirinho do Toddy (ou Nescau, ou Nesquik, ou qualquer coisa do tipo),

- as comidinhas da vovozinha,

- o perfume da mãe ou de alguma tia,

- jabuticaba (ou manga, jaca, goiaba) bem madura.

- terra molhada,

- a cozinha dos vizinhos,

e tantos outros.

As impressões que ficaram gravadas têm a ver com as descobertas dos primeiros anos. Aos alimentos preparados, os produtos de higiene, os remédios, para citar exemplos que já vem com aromas industrializados, somam-se também os cheirinhos familiares e os naturais do cotidiano, desde os mais corriqueiros até os sazonais ou excepcionais.

Certos eventos anuais trazem consigo um verdadeiro cardápio de sensualidades: na Páscoa, o chocolate; nas festas juninas, o quentão; no Natal, o panetone, dentre outras. Os cheiros doces estão sempre vinculados ao açúcar e ao afeto, à festa e aos presentes, tudo de bom. Para as crianças, guloseima é sinônimo de carinho, cuja evocação poderia ser acessada mais tarde na vida, involuntariamente, por um estímulo nasal fortuito.

E quais são os cheiros da adolescência? Parecidos com os anteriores? De forma irreflexiva, os dados reais da percepção ficam misturados com fantasias e desejos inéditos, na medida em que se deixa a puberdade para trás. Nesta etapa da vida, o cheiro do amor é a grande novidade pulsional.

Na idade adulta, depois de tantas experiências vividas, já se conhecem e reconhecem inúmeros aromatizantes, de todos os tipos, e se reitera o uso daqueles que dão satisfação. Esta é a função dos perfumes, ocultando as manifestações odoríferas do corpo, para substituí-las por produtos culturalmente codificados. Agradáveis, em primeiro lugar, para quem os usa, e atraentes para outras pessoas, em especial, para o sexo oposto.

Desde a pré-história até hoje, a humanidade se serve de essências, incensos, água de colônia, bom ar, e inúmeros recursos químicos e naturais, no intuito de alterar e melhorar as duas realidades, a ambiental e a psíquica. Dependendo das reações que provocam, podem ser considerados agradáveis ou não, convidativos ou aversivos, na decorrência do princípio do prazer. Para o inconsciente, ninguém é dono do próprio nariz.

LACAN IN WONDERLAND

Alice percorreu o País das Maravilhas, atravessou o espelho, ficou grande, pequenina, cresceu de vez. Conheceu personagens fabulosos: o *Coelho Branco, o Chapeleiro Maluco, Tweedledum & Tweedledee, o Dodô*, tantos outros.

No entanto, o mais fantástico de todos era humano, tímido, respeitável, engraçado: Mr. Dodgson, Charles Lutwidge Dodgson, *Lewis Carroll.*

Dele, a garotinha ouviu, em suave e bom tom, de primeira mão e em tempo real, as aventuras que seu narrador inventara para ela. Encantada, podia viajar na imaginação.

A maviosa prosa permite uma especulação lacaniana:

Demandante, perguntando sem parar, colocando tudo em questão e nunca satisfeita, *Alice* ilustra o discurso histérico.

A *Rainha Vermelha*, evidentemente, encarna o poder e a imposição, o discurso do amo.

Humpty Dumpty, pretendendo determinar a lógica e o sentido das palavras, encarna a competência do saber, o discurso universitário.

A *Lagarta*, interrogando a **little lady** sobre o seu querer, é o representante verossímil do discurso analítico.

Tem mais não gato: pairando no ar, a função do semblante é exemplificada topologicamente por um sorriso sem bichano.

LEITURA IMPRÓPRIA PARA MENORES

D'ARTAGNAN & MILADY

Para sua surpresa, a encontrou ainda vestida, cheirando a cânfora e sucata. A boca, lambuzada de batom, fresca e decidida, e os largos dentes brilhando como unhas envernizadas, ou como um colar de dentes.

Estava furiosa, e não fazia questão de parecer mansa. Respirando com dificuldade, tirou a blusa num gesto brusco, arrancando sua camisa com violência, para rasgá-la em tiras a seguir.

Agora, despida, apenas a calcinha cobria seus mistérios. Quando caiu, o sorriso vertical que ocultava surgiu radiante, ionizado. Seus pêlos se agitavam insones, magnéticos e abrasivos. Abriu as pernas, e uma nuvem de vapor saiu das profundezas.

Ela nua, ele mudo. Seu corpo, insone, não perdia tempo e, de repente, como um molusco solitário, apareceu seu eixo, vigorando devagar até ficar calejado. Pularam na cama sem hesitação, o colchão cumprindo com o princípio de Arquimedes. **Eureka**, *perereca*! -- pensou o homem; *o movimento se demonstra andando, dando, dando muito*, pensou a mulher, grata pela preferência.

Mais tarde, acordaram e era noite. Um gosto alcalino, cabelo em desordem, suados e vesgos.

II

Sim, deslizou a mão pelos ombros suaves e macios até alguma coisa sair do esperado. Uma imperfeição chamou sua atenção forçando o olhar, e ali, do lado esquerdo, vermelho escuro, um estranho signo na pele. Nem prego, chicote ou navalha, senão uma queimadura com ferro em brasa, jamais imperceptível. Uma história negra por trás, na intuição que antecipava o perigo de estar deitado com uma mulher marcada.

Ela olhou de relance esperando sua reação, mas uma rápida chave de judô dobrou seu braço, e uma personalidade inquisitiva apareceu na hora. À medida que apertava, ela sofria sem ser este o caminho certo para obrigá-la a falar, costumada desde sempre a aceitar a dor, se fosse, por assim dizer, inevitável.

Mesmo assim, acabou contando, apenas para agradar, como um jeito de subornar aquela raiva com um segredo partilhado. Sem medir as conseqüências, pois a maquinaria fria não poderia ser detida, e continuou torcendo até o limite do suportável, quebrando a palavra e pondo fim ao relato.

III

Como sempre, faziam amor.

Faziam amor, como sempre.

Naquela noite, um suave fulgor iluminou as nádegas dela, depois dos beijos dele. Inesperado, um ponto luminoso brilhava no escuro como um pixel, e abria uma janela ao infinito.

Ele olhou de perto e, como Borges, vislumbrou o aleph.

Sentiu que a pemba ficava fluorescente, e soube inserir na tomada certa. Como borracha esticou-se, dando tempo ao tempo.

Lá no fundo, chegara um sinal do centro da galáxia, e o telescópio espacial estava a postos.

No melhor tantra, o trepping durou algo assim como uma hora, sem tirar.

No maior faz de conta.

IV

Terminado o rebolado, continuaram engatados. Muito mais tarde, ficaram em pé sem se soltar e, como num circo, deram os passos necessários para chegar no chuveiro.

Ali, ele começou a fazer xixi dentro dela, e os dois não conseguiram acreditar que estivesse acontecendo.

Após quase meio litro, ele se retirou cabisbaixo, e ela foi uma Fontana di Trevi.

Nunca mais seriam os mesmos.

Envergadura

Os europeus se lançaram ao mar para chegar às Índias... Embora o novo continente fosse batizado de América, elas estavam lá, nuas em pêlo, e o pecado atravessou a linha do Equador.

As naus singravam os mares, com as velas desfraldadas. A maior delas drapejava no mastro da caravela, apelidado de *caralho* pelos marujos. Por óbvia razão: a haste erguida, tão rija quanto o dito cujo, acolhia ventos e desafiava tempestades.

No entanto, se navegar é preciso, fornicar é sempre impreciso. Só na hora H se comprova o que é ser homem com agá.

Para cima com a verga. Tudo o que sobe desce, segundo a lei de gravidade. A gravidade do que sequer levanta pode ser bem pior.

Do infortúnio do amor, chamado de *fiasco* por Stendhal, nenhum macho da espécie está isento. Assim como a ocasião faz o tesão, tem vezes que condições adversas conspiram contra, e o que funcionava perfeito acaba falhando. Nem todo escorregão leva à queda e, se houver final feliz, também há redenção. Mas, se o fracasso for repetido, a empolgação desaparece, e a angústia toma conta.

Uma inibição advém sintoma, e muitos tratamentos começam por aqui, com a demanda de uma explicação e uma solução para o padecer. A medicina encara o transtorno de forma objetiva, com a ajuda da indústria farmacêutica. A impotência costuma ser remediada com potentes remédios.

Numa psicanálise, pelo contrário, não há um saber **a priori** sobre o sofrimento, e cada sujeito deve ser escutado na sua singularidade, para se desvendar as causas do curto-circuito do seu desejo.

Sendo que, em todos os casos, o que se almeja é o bicho em pé.

* * *

A cultura dita ocidental e cristã, recalcando o mundo antigo, colocou o falo na clandestinidade. Ainda hoje, não é permitido que seja exposto, a despeito da alta visibilidade de milênios atrás.

Nestas épocas de capitalismo sem limites, é divertido ver como a disfunção erétil constitui um grande negócio, mobilizando enormes lucros. Para isso, não falta publicidade discreta, porém massiva. Sem nenhum pudor, artigos científicos e depoimentos testemunhais na mídia celebram o retorno do reprimido, agora como mercadoria.

Tanto ontem quanto hoje, a ereção é um valor absoluto, quando acontece a contento. O supra-sumo da auto-estima. A prova dos nove que, nove meses depois, com freqüência, tem conseqüência. Porém, se assim não fosse nem pudesse ser, a "reprodução assistida" já é capaz de inseminar artificialmente com certa pontaria, superando a flacidez do instrumento.

Moral da História com maiúsculo: a potência viril e a paternidade, cada vez mais nas mãos do discurso da ciência. A saúde como bem supremo, fora do princípio do prazer. Na contemporaneidade, não há relação sexual, nem precisa.

Em qualquer caso, a impossibilidade neurótica da união carnal continuará a ser uma desgraça erótica. Para o homem atingido, e para a mulher afetada, ambos mais frustrados do que tarados.

No final das contas, qual é o único amor que fica?

Ostras da sabedoria

Alteridade:

O *Outro* lacaniano é o lugar semântico que teria sido ocupado, sucessivamente, na história do pensamento ocidental, pelos seguintes construtos:

- o *Noûs* de Anaxágoras,
- o *Logos* de Filon,
- o *Verbum* de Santo Agostinho,
- o *Entendimento Agente* de Ibn Roschid (Averroes),
- a *Grande Mônada* de Leibniz,
- a *Substância* de Spinoza,
- a *Subjetividade Transcendental Pura* de Kant,
- o *Eu Absoluto* de Fichte,
- o *Espírito* de Hegel,
- a *Práxis* de Marx,
- a *Sociedade* de Comte,

- a *Consciência Pura* de Husserl,

- a *Outra Cena* de Freud.

(Luis Cencillo)

* * *

Atividade paranóico-crítica:

Método espontâneo de conhecimento irracional baseado na associação interpretativa e crítica dos fenômenos delirantes.

(Salvador Dali)

* * *

Axioma:

Toda e qualquer informação midiatizada pode ser falsificada.

* * *

Cultura:

Na perspectiva semiótica, compreende o conjunto dos processos de produção, circulação e consumo de significações na vida social.

Do ponto de vista psicanalítico, constitui o estilo de recalcamento próprio de cada época histórica.

* * *

Clínica da Cultura:

Confluência entre a semiótica aplicada e a psicanálise em extensão.

Centrada na análise da realidade cotidiana, consiste na leitura, escuta e interpretação das criações da indústria cultural capitalista a partir das suas contradições, isto é, dos seus sintomas.

Como metodologia de pesquisa, aborda todo e qualquer fenômeno humano, possibilitando a construção de hipóteses, conjecturas e diagnósticos sobre o ser-no-mundo atual, e suas incidências na sociedade.

Tem seus fundamentos teóricos no *mal-estar na civilização* de Sigmund Freud, no *conhecimento paranóico* de Jacques Lacan, na *paranóia crítica* de Salvador Dali, e no *paradigma indiciário* de Carlo Ginsburg.

* * *

Os 7 discursos:

-Discurso: Articulação de estrutura que confirma ser o vínculo entre os seres falantes, determinando um laço social específico.

- Discurso do poder =:imposição
- Discurso da histeria = insatisfação
- Discurso universitário = explicação
- Discurso analítico = interpretação

- Discurso da propaganda = sedução
- Discurso competente = convicção
- Discurso capitalista = alienação

* * *

Discurso capitalista:

Uma exigência de gozo que se alimenta da própria satisfação, circularmente, e cujo paradigma clínico são as adições e as compulsões.

(Jacques-Alain Miller)

* * *

Economia libidinal:

A luta de classes adquiriu, historicamente, uma simbologia: o patrão esforça-se por manter o operário de costas (trabalhando), legalmente "sodomizado" através da obtenção de mais-valia (prazer). Se o operário se volta de frente (se revolta) e mostra seu poder (seu falo), o patrão retorna à condição de impotência e, no limite, chama a polícia (a castração).

(Luiz Nazário)

* * *

Fascismo:

Todas as forças que se interpõem ao desejo, bloqueando sua emergência e expressão.

(Toni Negri)

* * *

Guerra:

As guerras acontecem no passado, e não no futuro: são sempre as conseqüências de muitos eventos que já ocorreram.

(Rajneesh)

* * *

Heurística:

Concernente à investigação e à descoberta. Por exemplo, uma hipótese heurística é uma hipótese que não pretende resolver um problema, mas colocá-lo de outro modo, até melhor: não propõe uma solução, ajuda a buscá-la.

(André Comte-Sponville)

* * *

Novas tecnologias, velhas patologias:

- Problemas antigos demandam soluções novas.
- Problemas novos também exigem soluções novas.

- Soluções antigas talvez sirvam para problemas novos.

- Soluções novas podem criar problemas novos.

* * *

Paradoxo do supereu:

As renúncias libidinais se convertem em fontes dinâmicas da consciência moral.

Toda nova renúncia à satisfação pulsional aumenta sua severidade e intolerância.

(Sigmund Freud)

* * *

Recalcamento:

As possibilidades da língua permitem fazer a distinção entre *recalque, repressão e recalcamento.*

O primeiro termo é a tradução de **verdrangung**, conceito mor da teoria de Freud, que designa um dos destinos da pulsão, e suas conseqüências psíquicas.

O segundo articula a visão de Reich sobre o peso das imposições da sociedade no corpo.

O terceiro acrescenta as contingências coletivas da cultura e os fracassos da sublimação

* * *

Religião:

Religiões são, por definição, metáforas, apesar de tudo: Deus é um sonho, uma esperança, uma mulher, um escritor irônico, um pai, uma cidade, uma casa com muitos quartos, um relojoeiro que deixou seu cronômetro premiado no deserto, alguém que ama você – talvez até, contra todas as evidências, um ente celestial cujo único interesse é assegurar-se de que o seu time de futebol, o seu exército, o seu negócio ou o seu casamento floresça, prospere e triunfe sobre qualquer oposição.

(Neil Gaiman)

* * *

Semiótica psicanalítica:

É a colaboração epistemológica entre a teoria geral dos signos e a metapsicologia.

A polinização recíproca dos diferentes saberes indica que o significante pode ser lido e ouvido, à tona e à-toa, na isenção dos preconceitos das restrições teóricas setoriais.

Portanto, a pulsão a flor da pele, e *o inconsciente a céu aberto.*

* * *

Subjetividade:

Trata-se da consciência histórica que cada época tem de si mesma, nunca consciente por inteiro, e sempre historicamente incompleta.

(Mario Pujó)

Supereu:

O supereu não é a cultura. É um certo mal-estar que se apodera da cultura quando predominam as relações narcisistas.

(Germán Garcia)

* * *

Tecnociência:

Denomina-se assim à hibridização definitiva estendida em forma planetária através dos seus distintos efeitos, que surge da imbricação entre o modo de produção capitalista, ***alíngua****, e a fabricação de subjetividades ordenadas metafisicamente.*

É a culminação que Heidegger vislumbrou do fim da filosofia, com o triunfo da técnica: a tecnociência pós-moderna é o tratamento do "ser" como "assistente e presente"; como uma coisa a ser definida, investigada, experimentada, manipulada, rentável, clonada, transplantada etc.

A apresentação científica da coisa derivou numa configuração tecnológica e biopolítica do mundo, manipulada por uma vontade acéfala de satisfação do capital.

(Jorge Alemán)

* * *

Teologia:

Existe solução para todos os problemas atuais do mundo, e cabe numa única palavra: ateísmo.

(Marshall Sahlins)

* * *

Teoria da conspiração:

O conjunto de representações que dá suporte ao senso comum é o resultado de uma gigantesca seqüência de expurgos. Sobreviveram apenas os conceitos que causam menos estranheza, produzem menos cacofonia e não subvertem a ordem estabelecida. A história, alguém já disse, é escrita pelos vencedores. As idéias também. O mundo cartesiano e lógico que está aí fora é só mais uma conspiração bem orquestrada.

(Edson Aran)

* * *

Trio elétrico:

A televisão idiotiza.

O computador hipnotiza.

O celular escraviza.

Viva la muerte

Em Londres, no dia 20 de novembro de 2002, Gunther von Hagens, médico alemão, realizou uma necropsia pública. O fato ganhou destaque, na imprensa local e internacional, por se tratar de um acontecimento proscrito no Reino Unido desde 1832. Na época, foi baixada uma lei proibindo as autopsias em espaços leigos, sob a acusação de tal prática ser um estimulo para o roubo de corpos.

O cadáver agora em questão teria sido alguém que, antes de morrer, se doara para a exposição. A família respeitou a sua decisão. Numa galeria de arte, seus restos foram exumados à vista dos presentes: jornalistas, apreciadores e fãs, que pagaram 12 libras para acesso ao local. Numa sala com muitas cadeiras, uma maca metálica era o centro das atenções. Atrás, na parede, estava pendurada uma reprodução da conhecida tela de Rembrandt, *A aula de anatomia.* O oficiante usava um avental cirúrgico e luvas, como de praxe, e um chapéu de feltro preto, sua logomarca personalizada.

Mantendo o interesse da platéia, von Hagens operou durante três horas seguidas, explicando o que fazia e desconstruindo o defunto, separando os órgãos e a pele, para depois embutir tudo de novo.

A seguir, foi entrevistado na televisão, onde defendeu sua atitude alegando uma finalidade pedagógica, visando educar a população. Como era previsível, a polêmica foi deflagrada. A Comissão de Ética da Associação Médica Britânica manifestou sua contrariedade, e a Promotoria cogitou possíveis acusações criminais.

Impressionante, o episódio todo merece comentário. Fosse na aula magna da Faculdade de Medicina, seu sentido seria outro, segundo a tradição. Contudo, no palco profano de uma galeria de arte, o que estava sendo apresentado? Uma experiência estética, ou uma lição de anatomia? A destreza com o bisturi seria um gesto artístico, **sign of the times**, dependendo do ponto de vista? O ingresso cobrado, porém, dividindo o espaço público do privado, confirmava se tratar de um espetáculo. Mesmo assim, o que queriam presenciar os 500 pagantes? O que teria von Hagens para lhes oferecer? Uma didática aplicada, um show assustador, arte hipermoderna, ou um macabro toureiro em ação, esfaqueando a carne inerte? Em outras palavras, um artista, ou o médico e o monstro?

Qualquer semelhança com pessoas reais seria algo mais que mera coincidência. Séculos antes, Leonardo da Vinci desvendara alguns dos mistérios do organismo, para depois aplicar seus achados na pintura. Assim como o doutor Tulp, retratado por Rembrandt, ensinando à posteridade o saber positivo de sua especialidade. Entretanto, um alemão, no mundo das artes, nunca poderia usar um chapéu de feltro impunemente, sem ter de pagar royalties a Joseph Beuys. Citação, apropriação ou homenagem, a óbvia identificação não apenas invoca a figura de referência, como revela um anseio mimético, para legitimar seu proceder enquanto ato criativo, e seu resultado, como uma obra acabada.

Contudo, havia um antecedente, pois, um par de anos antes desta performance, von Hagens já expusera seus lúgubres trabalhos na mesma galeria londrina.

* * *

Um dos mais lúcidos pensadores da atualidade, Paul Virilio, proferiu uma palestra, em 1999, titulada *Uma arte impiedosa*. Nela, formulava perguntas destinadas ao assombro dos críticos e do público freqüentador de exposições e **vernissages**. No final do milênio, constatava como certa arte contemporânea era um fiel reflexo da profanação das formas e dos corpos que caracterizara o século XX. Depois de tantas guerras cruéis e crimes contra a humanidade, a arte ocidental tinha abandonado, ou até superado, a pretensão de representar a realidade, para apresentá-la tal qual ela seria, cada vez mais real, se constituindo numa *arte mostrativa*, longe de compaixões ou ressalvas morais, capaz de expor a abjeção como objeto de fruição contemplativa. Imediata, a obra de arte tenderia a ser concebida como uma evidência absoluta, sem mediações reflexivas ou pieguices; impiedosa, portanto, mas não impudica. Antes, talvez, realizada com o despudor próprio dos torturadores, na arrogância ilimitada dos carrascos.

Nesta linha de raciocínio, a vitória radiográfica da transparência, na vontade extrema de tudo ser oferecido ao olhar do espectador, promove ao primeiro plano o que deveria ficar oculto. E tal obscenidade, para sempre escancarada, nada teria a ver com a sexualidade. No final das contas, a pornografia, sofisticada ou grosseira, tem seu lugar garantido, sacramentada pelo relaxamento da censura, quase sempre em prol de iniciativas comerciais. Agora, a questão apontaria para um dos últimos tabus culturais, que alguma vez foi um dos primeiros da humanidade: a morte.

Por este viés era abordada a crítica da exposição que, em 1998, levara 200.000 visitantes ao Museu da Técnica e do Trabalho de Mannheim. Chamada *Os mundos do corpo*, exibia perto de duzentos cadáveres humanos, ali reunidos por obra e graça de von Hagens. O anatomista alemão tinha inventado um método para conservar os mortos e, sobretudo, para esculpi-los plastificando-os de um jeito infinitamente mais eficaz que o embalsamamento das múmias. Transvestidos de estátuas clássicas, os esfolados desfraldavam suas peles como troféus, ou até brandiam suas vísceras, imitando a Vênus de *Milo com gavetas*, de Dali. Tempos depois, esta produção chegaria a Londres, e seria notícia em todas as mídias.

* * *

O tempora, o mores. A partir de um certo ponto, o assunto deixa a alçada da estética para adentrar na ética. Pouco importa se um indivíduo lega seu corpo "à ciência", querendo contribuir para o seu progresso. A boa intenção não elimina o desejo narcísico de ser visto e admirado, mesmo post-mortem. E o cientista, *voyeurista* por dever de ofício, seria um exibicionista, assinando a manufatura de Tanatos para outros se satisfa- zerem.

Em outros âmbitos da Medicina, discute-se o limiar entre a vida e a morte, um dilema concreto. Aqui, trata-se do apagamento das fronteiras entre a ciência e a arte, um desafio pertinente. No entanto, percebe-se algo sinistro em jogo, levando a discussão alhures. Se o que resta da vida quando ela acaba pode ser transformado por um feito humano, com uma finalidade alheia ao utilitarismo da procura do conhecimento, visando algum tipo de prazer visual, resulta inevitável admitir que já teria sido atingido o cúmulo do in-humano. Parafraseando Hieronymus Bosch, o *triunfo da morte.*

No cinema contemporâneo alemão, *Anatomia*, produção de 2000, leva a tendência até as últimas conseqüências. Na Universidade de Heidelberg, uma sociedade médica secreta usa uma droga, o promidal, para dissecar corpos vivos, priorizando a pesquisa científica em detrimento da vida das cobaias humanas. Por se tratar de um filme de terror, não faltam sustos e imagens chocantes. Mas o verdadeiro horror é a premissa da trama, a **Age Actabile Antihippocrate**, a máfia de branco que contraria o juramento hipocrático em prol do saber frio e objetivo, um complô dos médicos contra os pacientes, os primeiros mais interessados em satisfazer seus conhecimentos anatômicos que na saúde alheia.

Arte sem limites? A ciência como atividade recreativa, superinteressante? Muito pior: o discreto charme da necrofilia. Do além, o Dr. Mengele fez escola.

Extranatomia

Olho de vidro
Tatuagem na coxa
Dente de ouro
Sorriso amarelo

Perna longa
Mão beijada
Costas quentes
Cabelo em pé

Boca de urna
Corpo fechado
Cabeça fria
Unhas de fome

Bunda mole

Coração de pedra

Língua ferina

Dor de cotovelo

Seio bom

Pele macia

Sexo livre

Jogo de cintura

Dedo duro

Sangue latino

Peito aberto

Cara de pau

Pé de moleque

Barriga d'água

Monte de Vênus

Nariz no ar

A VERSÃO DO PAI DA JOVEM HOMOSSEXUAL

Viena, 27 de dezembro de 1919

Prezado Oskar:

Grande amigo, um abraço e um voto sincero de Feliz Natal para nós. Tanto tempo sem escrever nem dar notícias, espero que você não se sinta chateado pela minha ausência. Só agora percebo que mais um ano foi embora, rápido como nunca, nos deixando cada vez mais velhos e alquebrados. Sim, e desta vez, não foi esquecimento nem preguiça, pois razões até sobraram para me tirar do sério e negligenciar minha correspondência.

Tudo bem com você? Nesta época difícil para todos, tomara que o peso da história tenha sido, dentro das circunstâncias, o mais leve possível. Sua saúde melhorou? Confio que o tratamento de eletroterapia possa curar seu joelho ou, no mínimo, acalmar as dores e permitir um dia-a-dia normal.

A família vai bem? Espero que Frau Norah tenha superado seus achaques definitivamente, e voltado a ser a mulher que sempre foi, alegre, simpática e bem-humorada, enfim, a rainha do lar. Suas filhas Romin e Terezin, como é que elas estão? Continuam peraltas, sapecas e travessas? Lembro da última vez que as vi, elas eram tão engraçadinhas, mas não paravam quietas! As imagino enormes, crescendo sem parar, e deixando os pais em polvorosa. Afinal, gêmeas podem ser uma bênção, porém, dão trabalho em dobro, e haja paciência.

E o herdeiro? Como está indo com o varão da casa, Iuripop, assim costumávamos chamá-lo, quando ainda era pequeno, isto é, faz bastante tempo. Acredito que agora tenha virado um verdadeiro homem, já tem a idade suficiente para começar a pensar na vida, muito mais depois das manobras prévias ao armistício. Pelo menos para ele, foi uma sorte que a guerra acabasse sem entrar em combate. Suponho que esteja ajudando na loja, pois vocação nunca lhe faltou para os negócios. Tenho quase certeza de que ele é capaz de se sair muito bem em tudo o que fizer, dedicando o esforço necessário. Um bom rapaz correto e aplicado, poderá ter o mundo nas mãos, se estiver afim. Dias melhores virão, e ele terá sua própria família, mulher, filhos, patrimônio, e um bom nome na praça.

O motivo da presente tem a ver com isso mesmo, embora de uma maneira talvez paradoxal. Para poder entender do que estou falando, vou ter de lhe contar alguns fatos acontecidos ultimamente, e que têm me tirado o sossego e a serenidade. Não vai ser simples narrar o que vem ocorrendo nestes meses, um calvário e tanto. Às vezes, nem eu mesmo acredito na veracidade de tudo isto. Parece um pesadelo, além do princípio do prazer, mas trata-se da cruel realidade, sem que eu possa querer ou deixar de querer.

O problema é a minha filha Leonora. Lembra dela? Quando você a viu pela última vez, naquelas férias em Dresden, ela era ainda uma menininha, tímida e meiga, e tudo levava a pensar que sempre seria assim, do mesmo jeito ou parecido. Agora ela está com 18 anos, é uma moça linda e vigorosa, uma mulher pronta para a vida adulta. Aliás, na flor da idade, está mais do que na hora de casar, para tirar a cabeça das nuvens, tomar conta de uma casa, fazer o marido feliz e cuidar de uma penca de filhinhos.

Pois é, mas havendo um problema com o seu jeito de ser, a melhor solução que me surge é providenciar um bom casamento para ela, e incentivá-la a entrar no eixo de uma forma natural. Por ora, não tem sido fácil fazê-la acertar o passo, mas nem tudo está perdido, e é por isso que estou aqui escrevendo para você e propondo, nada mais, nada menos, que a gente concretize aquilo que alguma vez pensamos os dois, muitos anos atrás, quando os nossos filhos eram crianças, e nos parecia óbvio que, num futuro distante, eles casariam, confirmando assim uma aliança de amizade e interesses mútuos. Não tenho dúvidas de que Iuripop seria o genro ideal, aquele que mereceria total aprovação para receber, junto com a mão de minha filha, um cargo de confiança na minha empresa, augurando prosperidade no comércio, e na prole também.

Gostou da idéia? Nunca esqueci o que fantasiamos em alguma oportunidade, depois de uma dúzia de cervejas. Sócios na vida e nos negócios! Avôs simultâneos de netinhos e netinhas! Parceiros em grandes empreendimentos, para o que der e vier! Bem, mas acho que estou me antecipando um pouco demais, e nenhuma perspectiva é tão tranqüila ou previsível ou cor-de-rosa...

Cor-de-rosa. Chegou o triste momento de dizer claramente e com todas as letras o que se passou com Leonora, o que me tira o sono, o empecilho destes planos, o fado que me assola. Meu caro amigo, para ser honesto nesta sina amarga, não lhe posso omitir o drama que me atormenta: contrariando as expectativas e o bom senso, minha filha tem gostado de mulher, pelo menos por enquanto.

Leio o que escrevi acima e me resulta duro de aceitar. O que foi que eu fiz para merecer isto, *und der konchen auf das Lora*! Não consigo crer que ela esteja mais próxima de Lesbos que de Atenas ou de Esparta, mas é a verdade insofismável. Pediria aos deuses, tão-só, que não fosse imutável, apenas uma fase passageira, um capricho adolescente, uma metamorfose da puberdade, e que, logo, logo, a anatomia possa ser o seu destino.

Mas deixe eu lhe contar como foi que tudo começou. Quatro anos atrás nasceu o nosso caçula. Naquele período, Leo acompanhou atentamente o que se passava com a mãe, e tudo indicava que se identificava com ela. Quando o menino foi crescendo, parecia que a mãe era ela própria, por completo dedicada ao bebezinho. Bem, isto foi apenas o princípio.

Em seguida, foi se interessando por outras mães, quase sempre mulheres jovens que encontrava no parque e de quem ia ficando amiga. Eu brincava com ela e dizia que poderia ganhar a vida trabalhando como *baby-sitter*, unindo o útil ao agradável, por ser tão vidrada nos nenês. Mas não, eram as mães que chamavam a sua atenção.

Devo admitir que, já então, havia algo de esquisito nesses relacionamentos, embora não fosse imaginável o que viria depois. De fato, não era sequer cogitável que, de repente, se ligasse a uma mulher que não tinha em absoluto nada de maternal.

Um dia, fiquei sabendo por meio de uma empregada que Leo visitava, de maneira sistemática, uma rapariga egressa da *Maison de La Licorne*, ora bolas! (Aposto que você ainda guarda na memória os nossos tempos de estudantes, quando descobrimos ali mesmo que a felicidade tinha preço, e que valia a pena trocar um punhado de notas por noitadas inesquecíveis.) Uma *putana*, pois não. Demorei até entender a questão. Inclusive, porque era mais complexa do que parecia no início.

Com efeito, tratava-se de uma *demi-mondaine*, sim, mas retirada da profissão. Na atualidade, ela só exercia a horizontalidade de forma amadora, por assim dizer. E não apenas com os homens. Como se tudo isso fosse pouco, ela era a preferida de Wanda von Pistor, conhecida dama da nossa sociedade, notória libertina e esposa infiel de Sacher-Masoch, o escritor.

O céu caiu na minha cabeça. Minha filha estava se perdendo, devotada a amores ilícitos e condenáveis. Pouco se importava de estar sendo malfalada, na decorrência da reputação daquela sirigaita, que fazia dela gato e sapato. Para completar a confusão, recebi um bilhete de Wanda que, chateada com o andamento daquela relação, exigia que eu tomasse uma atitude.

Aqui, um parêntese. Faz alguns anos, num *réveillon* nos bosques de Viena, completamente bêbado e cambaleante depois de muitas valsas, acabei tendo um rápido entrevero com Wanda. Como isto veio acontecer, até hoje não sei ao certo, mas suspeito que a iniciativa partiu dela. Naquela época, ela não podia ver uma calça masculina sem ir atrás, mesmo se estivesse pendurada num varal.

No entanto, parece que hoje seus gostos são mais diversificados. Morrendo de ciúmes da minha filha pelo assédio à protegida, me ameaçou de contar nosso *affair* para a minha mulher, se não colocasse um ponto final na situação. Como você poderá perceber, meu amigo, as coisas estavam bastante ruins para mim, em todos os sentidos. E ainda por cima, ia ficando raivoso e com vontade de dar uma surra em todas elas, na Leonora, na *cocotte,* e na Wanda.

Em fim, como não tenho sangue latino, decidi parlamentar. Primeiro falei com minha esposa, omitindo alguns detalhes, mas ela já sabia de tudo e pouco estava se lixando. Dava até a impressão de que estava gostando do assunto, como se tudo não passasse de uma homenagem filial à sua pessoa. Óbvio que, novamente, fiquei prestes a lhe dar um cacete, mas sublimei.

Incontinenti, fui ter com a Leo, chamando ela na chincha, e sem meias palavras. Primeiro tentou dissimular, a seguir admitiu, e por último, me desafiou, a mim, ao seu próprio pai, dizendo que não abriria mão do seu desejo. Afirmou, inclusive, que seria capaz de sair de casa e cair na vida, se não fosse reconhecido o seu direito de escolha. Tive de me conter para evitar um gesto violento, mas proibi que continuasse vendo a moçoila. Também cortei a sua mesada, para mostrar que estava falando sério.

Dois dias mais tarde, o pior aconteceu. Após o expediente, eu ia caminhando pelo passeio público como de costume, num crepúsculo primaveril, quando, subitamente, deparei-me com as duas, Leo e a vagabunda, andando de braços dados. Agora, *après-coup*, pensando na cena, eu acho que teria sido inevitável; mais tarde ou mais cedo tal encontro seria fatal. Para mim, foi uma surpresa total, embora nem tanto para Leo, que talvez estivesse ali de propósito, ou sem querer, querendo. Entretanto, levou um susto. Vi as duas juntas, vi a cara de Leo, espantada, e vi o rosto da putinha, angelical. Ora, nunca imaginei que fosse tão bonita, tão gostosa e tão sem-vergonha. Foi impossível tirar os olhos dela, fascinado como estava por aquela mulher de má fama e moral dissoluta, porém bela.

Perdi a noção do tempo, não dava para pensar em coisa alguma, nada mais existiu para mim na eternidade daquele instante, mas Leo, minha querida filhinha, achou por bem se jogar no fosso do bonde, e o encanto foi rompido pelos gritos das pessoas que tentaram impedir, sem nenhum sucesso. Por que ela fez isso? Sei lá, creio que por ter ficado de lado enquanto contemplava a sua amiga, e não a ela. Sempre gostou de chamar a atenção, e desta vez, com certeza conseguiu.

Nem vale a pena contar os detalhes do resgate, o rebuliço, a ida para o hospital e a angústia que se seguiu. Por sorte, ela caiu sobre um dos trilhos, mas sem encostar-se ao outro, e por isso não levou choque. O bonde já tinha passado um pouco antes, portanto, não teve risco de ser abalroada. A queda foi de uma altura considerável, uns três metros talvez, e ela se amassou toda.

Bom, meu caro, como você pode ver, desgraça pouca é bobagem. Depois de tudo isso, Leonora passou um par de semanas na cama até se restabelecer. Acabou, por alguma razão que não entendi, na posição de vítima, como se o que ela própria fez consigo não fosse de sua responsabilidade.

Assim, todo mundo, sua mãe, seus irmãos, ficaram paparicando ela, no maior benefício secundário. A moça também, mesmo distante, fez chegar um mimo, como se tudo aquilo evidenciasse uma prova de amor. E eu, morto de culpa, torcendo para que ela se recuperasse logo, apesar de saber muito bem o que poderia continuar acontecendo mais tarde.

Desculpe se estiver torrando a sua benevolência, mas agora que comecei a soltar o verbo, quero ir em frente e completar o relato. Nesta altura do campeonato, e sem saber muito bem o que fazer, me ocorreu conversar com Wanda von Pistor. Ela já tinha sido informada dos acontecimentos e, de certa forma, não parecia mais preocupada com seu ciúme possessivo. Teve até um lampejo de generosidade quando me disse para não me preocupar, pois nunca comentaria com ninguém a nossa história no bosque de Viena. (No entanto, *en passant*, acabou confidenciando que tinha conversado o episódio com o marido, e ele, aparentemente, não só apreciara sua falta de pudor, como o utilizou, mais tarde, num dos seus contos.)

Todavia, o mais importante foi que Wanda, profunda conhecedora da condição feminina, disse que achava a minha filha bastante desequilibrada ou, em outras palavras, histérica, e me sugeriu que a levasse para ser tratada da maneira apropriada, quanto antes melhor, para evitar futuras passagens ao ato.

A pessoa que me recomendou merece um capítulo à parte. Era um sujeito esquisito e controverso, fora do comum, um dos mais curiosos habitantes da cidade. Seu nome é Sigmund Freud, e sua especialidade são as doenças nervosas que, segundo Wanda, consegue curar aplicando um método da sua invenção, chamado psicoanálise, ou coisa parecida. Foi assim que marquei um horário com ele e, pontual, compareci. Ele trabalha na própria casa, num bairro central. O dito-cujo não me provocou nenhuma grande impressão, mas devo conceder que escutou com atenção, e fez alguns comentários inteligentes.

A consulta durou quase uma hora. Por último, ele me perguntou, na lata, o que era mesmo que eu queria. Disse-lhe que, como todo pai, ansiava que a minha filha fosse normal e tivesse os gostos comuns de todas as garotas da sua classe social e, se possível, que tivesse a chance de ficar satisfeita com um homem. **Herr Professor** foi logo avisando que o tratamento por ele ministrado não garantia nada disso, mas que provavelmente permitiria que ela pudesse escolher ser repetir "fixações infantis". De nada adiantou eu falar que Leonora, quando criança, era completamente igual a qualquer outra menina, brincava de boneca e não tinha nenhuma tara visível, pois ele parecia já ter algumas idéias preconcebidas, e achava que todas as criancinhas eram "polimorfas", e chegadas numas "aberrações sexuais".

Sei muito bem o que você deve estar pensando, que aquele médico era um degenerado e que não merecia a mínima confiança. Muito pelo contrário, algo nele me fez acreditar que não era um charlatão, e que sabia do que estava falando. Disse que topava analisar a Leonora, desde que ela consentisse. Em outras palavras, não adiantaria forçá-la, pois o sucesso da empreitada dependia, em primeira instância, da disposição dela para encarar suas opções e tentar mudá-las.

De volta para casa, expliquei a ela a proposta, que em seguida foi aceita. Naqueles dias, ainda convalescente do tombo, estava muito dócil, e aparentemente disposta a fazer boa letra. Quando levantou, na semana seguinte, começou a freqüentar o doutor, tendo sessões diárias de análise desde então. Os honorários são um pouco salgados, mas o que custa vale, e eu não meço esforços para que ela recupere a saúde e a alegria.

Agora, passados já alguns meses desses tristes episódios, tudo parece se encaminhar para um bom termo. Leo está contente de novo, e age como um modelo de jovem bem-comportada. Às vezes, fala do tratamento, e comenta coisas que ninguém entende.

Ontem, por exemplo, chegou dizendo que tinha atravessado a fantasia (?), e que só restava, portanto, se identificar com o próprio sintoma. (!)

Pois bem, assim caminha a humanidade. Trazemos filhos para este mundo e, a partir daí, nos tornamos eternos reféns. Eles são o que queremos que sejam, mesmo que nem sempre nos obedeçam. Leonora é hoje, outra vez, uma garota casadoura e, como você sabe, um excelente partido. Foi aí que me lembrei do seu filho, e me ocorreu que poderia dar certo uma união entre ambos, tal para qual. Mais, ainda: até pensei que seria muito bom se as bodas fossem logo, para incentivar nela o autêntico amor, aproveitando que está numa ótima, longe daquelas más companhias.

Lógico que toda noiva merece um dote, dignamente à altura. Também acho que seria uma oportunidade única para acertar entre nós aquele empréstimo de antes da guerra, e que você, suponho, já deveria estar em condições de honrar. O ditoso casal poderá ter, destarte, um patrimônio suficiente para montar uma casa, e tocar em frente uma vida venturosa.

Ora, meu futuro consogro, fico torcendo para que você possa entusiasmar Iuripop, que muito tem a ganhar desta feita. Não é qualquer dia que se consegue, quase sem batalhar, a mão de uma moça formosa, prendada, e ainda por cima, analisada. Vai ser um grande prazer tê-lo na nossa família, juntos serão felizes e comerão perdizes!

Termino por aqui estas maltraçadas, e fico esperando em breve boas-novas do seu lado. Desejo para você e os seus um bom final de ano, e um porvir promissor. Aleluia!

Atencioso e fraterno,

Anton von Kleist

P.S. Estimo que Iuripop não precisaria saber das agruras da Leonora e suas afinidades prévias. No final das contas, o passado é apenas uma página virada de um livro fechado de alguma obra completa inacabada.

A DISSEMINAÇÃO ARGENTINA

(Entrevista de Oscar Cesarotto com Mario Pujó,
para a revista *Psicoanálisis y el Hospital*, Buenos Aires,
em outubro de 2006)

Oscar Angel Cesarotto é psicanalista. Portenho desde 1950 e paulistano a partir de 1977, obteve a Licenciatura em Psicologia na Universidade de Buenos Aires, e o Doutorado em Comunicação e Semiótica na Pontifícia Universidade Católica de São Paulo PUC-SP, onde é professor de Semiótica Psicanalítica. Autor de vários livros de psicanálise: *O que é psicanálise – 2ª. Visão* (1984); *Jacques Lacan – Através do espelho* (1985); *Um affair freudiano* (1989); *Jacques Lacan – Uma biografia intelectual* (1993); *Idéias de Lacan* (1995); *No olho do Outro* (1996); *Contra natura* (1999); *Tango malandro* (2003); e um romance: *O verão da lata* (2005), todos publicados pela Editora Iluminuras. Em outubro de 2006, expôs 18 esculturas do estilo **ready-made**, na galeria de arte Slaviero & Guedes, de São Paulo, com o título de *Ikebanas lacanianos.*

Mario Pujó: Desde a sua chegada ao Brasil, há três décadas, até os dias de hoje, quando você é o responsável pelo curso de Semiótica Psicanalítica na PUC-SP, ou a mais recente mostra dos seus curiosos *Ikebanas Lacanianos*, se passaram trinta anos, e muitíssima água por baixo da ponte: a edição de vários livros; o percurso por várias instituições, diversos modos de participação na cultura e de plasmar essas intervenções. Isto posto, comente como era São Paulo no final da década de setenta. A cidade do futuro? De todo modo, como foi que um psicanalista portenho se converteu num analista paulistano? Você foi um notório precursor da versão lacaniana da peste psicanalítica convocada pela insígnia do retorno a Freud, e também um reconhecido difusor do ensino de Lacan NO Brasil. Daria para reconstruir um pouco essa história?

Oscar Cesarotto: Eu cheguei em São Paulo em 1977 e, via Márcio Peter de Souza Leite, entrei em contato com o CEF (Centro de Estudos Freudianos). A cidade já naquela época era gigantesca, talvez um pouco menos internacional do que seria a partir dos anos 80. A IPA (International Psychoanalytical Association) local tinha uma forte influência bioniana, e um estilo de funcionamento decisivamente elitista. A conseqüência disso foi a necessidade, para muitos psicólogos, de procurar instrumentos de formação independentes. A chegada de psicanalistas argentinos foi ao encontro desse processo e, de certo modo, o potencializou.

Considero que fui muito bem recebido, graças às minhas credenciais: ter traduzido e editado os então escritos inéditos de Freud sobre a cocaína, e também, como referência, a Escola Freudiana de Buenos Aires da qual eu era membro no exterior. Em 1979, quando aconteceu a cisão da EFBA, eu tomei o partido de Oscar Masotta, naquele momento morando em Barcelona, e me tornei um membro da Escola Freudiana da Argentina.

Pouco tempo após minha chegada, já estava organizando grupos de estudo e leitura da obra de Freud, seguindo o programa de Masotta, e o estilo de transmissão que eu tinha aprendido com ele. Meses depois, com a escuta afinada, comecei a receber os primeiros analisandos em português. Desde os primórdios da minha carreira, trabalho nunca faltou. No começo dos anos 80, me estabeleci junto com Márcio Peter de Souza Leite e com Geraldino Alves Ferreira Neto no que chamamos a *Clínica Freudiana*. Era o lugar onde tínhamos nossos consultórios, e um âmbito comum de ensino da psicanálise em grupos, cursos e seminários. Todos os três compartilhamos a experiência de passar por diversas instituições psicanalíticas (Escola Freudiana de São Paulo, Biblioteca Freudiana Brasileira, Associação Livre/Instituto Sigmund Freud, Escola Brasileira de Psicanálise) e permanecemos unidos num relacionamento de amizade e trabalho que perdura até hoje.

Talvez, isso explique o porquê de eu nunca ter me aproximado demasiado de outros analistas argentinos, bastantes numerosos no Brasil, e que em mais de uma vez tenha sido considerado brasileiro.

Falo corretamente, usando algumas construções sintáticas algo inusitadas, e portando o característico sotaque portenho, certo real da língua materna que nunca vou perder, nem me interessa deixar de lado. Acho que escrevo em português melhor do que falo. Alguma vez disseram que escrever em espanhol era pagar uma dívida com Jorge Luis Borges. Por isso, sempre me senti mais livre na língua brasileira, que me outorgou um bom crédito.

Com Márcio, escrevi dois livros de divulgação psicanalítica para a Editora Brasiliense, seguindo o modelo da coleção francesa *Que sais je?* Ambos os livros tiveram muito sucesso: *O que é psicanálise – 2ª. Visão* (1984), e depois, *Jacques Lacan – Através do espelho* (1985). Resultado: mais de 30.000 exemplares vendidos em sucessivas re-edições. Em 1993, reformulamos ambos os livros em um terceiro: *Jacques Lacan – Uma biografia intelectual.*

Desde o início, publiquei diversos artigos no jornal *Folha de S. Paulo*, inclusive uma apresentação de Oscar Masotta para o público local. Em 1987, publiquei meu primeiro livro como único autor, *No olho do Outro*, mas, na verdade, foi um duo, porque a edição acompanha os *Contos sinistros* de E.T.A. Hoffmann. Tratava-se de uma leitura lacaniana do artigo *O Sinistro de Freud*, e de O Homem da areia de Hoffmann, precedido por um estudo da vida e obra desse autor. E em 1989, no cinqüentenário da morte de Freud, fiz uma versão ampliada e atualizada daquela primeira edição dos escritos sobre a cocaína, desta vez intitulada *Um affair freudiano.*

Em 1995, se fez realidade um projeto que parecia difícil de ser concretizado, mas que realmente valeu muito a pena: convidar 21 psicanalistas de diversas instituições, inclusive rivais, e um poeta, para elucidar os aforismos e máximas lacanianas. Cada participante usou seu estilo e critério para essa atividade. *Idéias de Lacan* foi o resultado daquele feliz encontro, que funcionou como uma grande orquestra teórica de sutil sincronização, onde cada participante fazia uma intervenção como solista, compondo um conjunto de artigos que abordavam o ensino de Lacan a partir de diversos vértices. Foi reeditado em 2001, por ocasião do centenário do seu nascimento.

Em 1996, a nova edição de *No olho do Outro* teve o acréscimo de um capítulo sobre *Sandman*, de Neil Gaiman. Acredito que o meu interesse por histórias em quadrinhos e pela literatura desenhada seja outro traço de identificação com Masotta.

Certa vez, lendo um livro sobre um assunto interessante, cujos argumentos me pareciam bastante familiares, descobri, com muita surpresa, que tinha sido plagiado. Isso me impulsionou, sem dúvida nenhuma, para publicar *Contra Natura*, em 1999, reunindo 18 artigos meus que estavam espalhados em outras publicações, a maioria delas, difíceis de achar.

Naquela época, minha situação existencial era mais ou menos esta: além do consultório em São Paulo, eu viajava uma ou duas vezes por mês para Belo Horizonte, onde atendia, e dava aulas em três instituições diferentes. Fiz isso durante onze anos. Também levei a 'boa nova' lacaniana, mediante palestras e cursos, para Fortaleza,

Campo Grande, Maceió e Cuiabá. Tudo isso, passando pelas acidentadas vicissitudes da institucionalização do lacanismo no Brasil.

A partir de meados dos anos 90 fui convidado para dar aulas de psicanálise no programa de pós-graduação em Comunicação e Semiótica da PUC-SP. Esta universidade, apesar de sua origem religiosa, é a mais progressista e libertária, não só da cidade, mas também do País. Como não tinha carreira acadêmica, nada além da minha licenciatura em Psicologia, então, para participar em bancas de defesas de teses, a instituição me outorgou o título de *Notório Saber*, como reconhecimento ao mérito intelectual, fato que me deixou orgulhoso. A seguir, me fizeram a proposta de cursar um doutorado, título que obtive em 1998. Dois anos mais tarde, fui contratado como professor assistente e orientador. A partir de 2004, sou o coordenador do curso de especialização, **lato sensu**, em *Semiótica Psicanalítica – Clínica da Cultura.*

A minha tese de doutorado merece alguns comentários. Intitulava-se *Gira-Gira. O lunfardo como língua paterna dos argentinos*, e tratava da fala dos habitantes da cidade de Buenos Aires, os portenhos, suas picardias e espertezas, considerando as perspectivas históricas, semióticas e psicanalíticas. A idéia de uma "língua paterna" é às claras um construto fictício, mas permitiu legitimar o *lunfardo* como uma produção do inconsciente, lida socialmente. Foi um desafio escrever de maneira formal, segundo as regras do discurso universitário. Além disso, serviu-me para saldar algumas prestações sempre pendentes daquela dívida simbólica que sempre se tem com o pai e com o país. Em 2003, a tese foi publicada em livro com o título de *Tango Malandro.* O lançamento foi uma grande festa na mansão do Consulado Argentino em São Paulo, sob seu patrocínio.

No começo de 2004, me deu na telha escrever um romance curto, *O verão da lata,* publicado no ano seguinte. De modo alegórico, era o relato de um insólito episódio, ainda que verídico: um navio de carga com bandeira filipina, o *Blue Star*, avariado quando navegava próximo à costa do Rio de Janeiro, no mês de janeiro de 1990, precisou ser rebocado até a costa. Nesse ínterim, toneladas de latas contendo uma erva suspeita foram despejadas no mar e levadas pela correnteza até as praias da costa paulistana, marcando a fogo o estado de espírito da população durante esse inesquecível verão. Na narrativa, fiz uso e abuso de uma prosa jocosa e irreverente, definida pela crítica como "picaresca pop", "literatura burlesca", e também como "realismo mágico urbano".

M. P.: Embora doutor em Comunicação e Semiótica faz poucos anos, eu não desconheço seu interesse pelo assunto desde muito antes. Lembro-me de um texto seu publicado em 1979 na revista *Notas de la Escuela Freudiana de la Argentina,* vol. 3, chamado *La feminilidad según Lévi-Strauss.* Nesse artigo, você não fazia referência ao famoso etnólogo, mas à conhecida marca de jeans, realizando uma curiosa observação sobre a mudança de lugar do zíper nas calças femininas, da posição lateral para a localização central, no sentido de moda unissex. Além disso, apontava-se para uma progressiva desdiferenciação sexual que, desde aquela época, estamos constatando cada vez mais, década após década. Com humor, você refletia psicanaliticamente sobre um signo social, um ícone da moda, assentado em uma perspectiva semiótica **avant la lettre**. Trata-se de algo que está presente no seu livro *Contra natura*, a noção de uma "antropologia surreal", ou no seu romance *O verão da lata*, nas diversas aproximações que fez da biografia de Lacan, abordando a obra e o personagem partindo de um retrato de diversas imagens: *Lacan surrealista, Lacan criminalista, Lacan freudiano, Lacan vítima e não mártir, Lacan kleiniano, Lacan lacaniano, Lacan filósofo, Lacan amo, Lacan super-herói...* Enfim, na própria concepção dessas obras de arte que você define como *ikebanas lacanianos*. Faço as seguintes perguntas: Qual é a extensão que devemos dar à expressão "semiótica psicanalítica"? Como você delimitaria seu alcance e seu campo de reflexão? Tratar-se-ia de uma modalidade, que talvez fosse válido classificar de clínica, de se dirigir à cultura, isto é, de tratar do simbólico mediante a sua articulação com o imaginário? Onde se encontraria a noção de imago? Se não fosse um ícone, pelo menos seria uma espécie de suporte hieroglífico?

O. C.: Há uma confluência de interesses lógicos entre a semiótica aplicada e a psicanálise em extensão. Centrada na análise da realidade quotidiana, trata-se de uma leitura que supõe a escuta e a interpretação das criações da indústria cultural, especialmente a partir das suas contradições, ou seja, dos seus sintomas. Assumindo a existência de sintomas da cultura -- e até a psicanálise é privilegiadamente um deles --, podemos, então, falar de clínica da cultura.

Talvez a psicanálise não precise da semiótica, mas a recíproca poderia ser enriquecedora para ambas. Considerando o inconsciente como a via régia da clínica, percebemos que sua potencialidade não fica restrita às quatro paredes do consultório, e que a semiótica poderia aportar, com a sua bagagem temática e não somente teórica, uma determinada autonomia operacional capaz de incidir extramuros. Aliás, o muro da linguagem constitui o limite e a condição da possibilidade de holding intelectual. Como metodologia de pesquisa, deveria abordar os fenômenos humanos e assim possibilitar a construção conjetural de hipóteses e diagnósticos sobre o ser no mundo atual, a comunicação social e o uso da mídia na sua incidência sobre a subjetividade.

A epistemologia que pode ser deduzida da descoberta da Outra Cena relativiza a definição positiva da ciência, e a psicanálise, herdeira e conseqüência, reclama para si um certo status de cientificidade até hoje indiscernível. O psiquismo, tal como foi descrito por Freud, e a divisão do sujeito, formalizada por Lacan, fazem referência ao inconsciente por meio do ato analítico, e suas maneiras expressivas típicas. Os sonhos, os sintomas, os atos falhos, os chistes, na sua insensatez, põem em jogo os significantes segundo uma lógica irracional. A semiótica, como presumível ciência dos signos, aporta a possibilidade de ser instrumentada na extensão desta perspectiva a outras diversas formas de expressão no âmbito cultural.

Na perspectiva semiótica, a cultura é entendida como o conjunto dos processos de produção, circulação e consumo de significações na sociedade. Desde a psicanálise, como o estilo de recalque em cada época histórica. Inicialmente, duas grandes linhas são trabalhadas como pontos de partida para uma pesquisa sistemática. Em primeiro lugar, aquilo que convencionamos em chamar *representações freudianas*. Esse sintagma nomeia as figuras discursivas, os gêneros narrativos, as analogias retóricas utilizadas por Freud na elaboração do seu pensamento. Com efeito, surpreende, na obra freudiana, a coexistência de produções heteróclitas, articuladas de diversas maneiras. *Totem e tabu*, por exemplo, é uma ficção de fundo antropológico, enquanto os casos clínicos apelam para uma redação de cunho literário; e o Moisés, apresentado como uma notável fábula histórica. Além disso, devemos acrescentar as chamadas *fantasmagorias*, ou seja, o campo das construções analíticas que tentam elucidar os devaneios da vigília: São as teorias sexuais das crianças, o romance familiar, e as fantasias propriamente ditas. Todas essas questões também são semióticas.

Em segundo lugar, a distinção lacaniana dos três registros, o simbólico, o imaginário e o real como um espaço subjetivo que é habitado pelo ser falante, o que abre um enorme espectro de articulações que facilitam a interlocução com empreendimentos de alcance multidisciplinar. O predomínio da palavra, o crescente império da imagem, a terra de ninguém daquilo que não é representável, tudo isso exige ser calibrado mediante processos sígnicos pertinentes e confrontados entre si, no amplo campo da comunicação social onde o impossível marca o limite absoluto do significável. Mais ainda: o inconsciente como discurso, estruturado como uma linguagem, pode e merece ser lido no campo dos signos da contemporaneidade, a céu aberto.

M. P.: Cabe esclarecer que, no seu caso, o humor não tira seriedade na sua aproximação assimptótica do ensaio, da literatura, da psicanálise, da semiótica, da antropologia e da arte. Alguma coisa que, seguramente, também está presente no quotidiano da sua clínica. A perseverança e a continuidade ao longo de todos estes anos, demonstram uma decisão e um desejo que se sustentam e se traduzem em realizações que evidenciam uma grande imaginação e uma forte criatividade. Usando o próprio senso de humor que você mesmo emprega, gostaria de lhe perguntar: Não haveria um certo Eco em Cesarotto?

O. C.: Chegamos ao final, ou seja, novamente ao começo. Apesar de ter escrito muitos textos formais, aventurei-me em temas marginais, quase extemporâneos. *A feminilidade segundo Lévi-Strauss*, feito em um tempo muito distante, efetivamente iniciou um percurso de psicanálise em extensão, inseminado com uma força de semiótica aplicada. Não é nenhuma coincidência que o subtítulo de *Contra natura* seja: *Ensaios sobre Psicanálise e Antropologia surreal.* O fato de eu ser um analista pouco ortodoxo me permite também algum divertimento.

A semiótica é, com seus variados interesses, o convite para uma atualização da psicopatologia da vida cotidiana no século XXI, cheio de sintomas culturais legíveis, em particular, nas artes plásticas. Assim como Masotta, eu também "cometi" um happening. Foi no dia 31 de julho de 2004, quando foi organizado e comemorado o primeiro Natal desse ano, profano e mundano. A partir da constatação de que, naquele momento histórico, a famosa data teria perdido em grande medida seu valor religioso, virando eminentemente uma festa de consumo, foi proposto considerar a efeméride como sendo de domínio público. Portanto, o Natal poderia ser celebrado em qualquer época do ano, quanto mais vezes, melhor. Na noite prevista, montamos a árvore de Natal, houve panetone, champanha, e **jingle bells**. Aqueles que participaram da festa, trouxeram presentes, e todo mundo se abraçou muito contente. Assim, foi comprovada, de fato e em ato, a democratização laica do espírito natalino. Paganismo semiótico e alegria pulsional ao alcance de todos.

Bom, chegou a hora de falar dos ikebanas, produzidos nos últimos tempos em um contexto totalmente novo para mim, as artes visuais. São idéias tridimensionais construídas segundo o prisma dos três registros, respeitando as propriedades da matéria, a potência das formas e o campo de significação. Trata-se de objetos não utilitários que parecem *ready-mades*, ainda mais complexos e sofisticados, verdadeiros *agalmas* que aspiram à dignidade das coisas belas. A exposição coincidiu com a Bienal de Arte de São Paulo, época em que a cidade desborda de vibrações artísticas, característica local que aprecio muito e acompanho desde a minha chegada no país.

Como um eco, respondo: **La vita é cosí**. A despedida é com uma autodefinição: Eu tenho várias personalidades, mas são todas muito parecidas.

Este livro foi possível graças `a confiança antecipada de Beatriz Costa, Jorge Schwartz, Manuel da Costa Pinto, Mariluce Mourão, Samuel Leon, e da Secretaria de Cultura do Estado de São Paulo, além da colaboração fraterna de Mario Pujó & Márcio Peter de Souza Leite. A todos, eternamente **obrigrato.**

Este livro foi composto em Garamond, com filmes de capa produzidos pela *Forma Certa* e terminou de ser impresso no dia 11 de março de 2008 na *Associação Palas Athena do Brasil* em São Paulo, SP.